相约名家·冰心奖获奖作家作品精选

高长梅　王培静／主编

一只好心的狼

郁葱　编译

九州出版社 JIUZHOUPRESS | 全国百佳图书出版单位

图书在版编目（CIP）数据

一只好心的狼 / 郁葱编译. -- 北京：九州出版社,2013.5
（2021.7 重印）

（相约名家·冰心奖获奖作家作品精选 / 高长梅, 王培静主编）

ISBN 978-7-5108-2078-6

Ⅰ.①一… Ⅱ.①郁… Ⅲ.①小小说 – 小说集 – 世界
Ⅳ.①I14

中国版本图书馆CIP数据核字（2013）第084968号

一只好心的狼

作　　者　郁　葱　编译
出版发行　九州出版社
地　　址　北京市西城区阜外大街甲35 号（100037）
发行电话　（010）68992190/3/5/6
网　　址　www.jiuzhoupress.com
电子信箱　jiuzhou@jiuzhoupress.com
印　　刷　北京一鑫印务有限责任公司
开　　本　710毫米×1000毫米　16 开
印　　张　10
字　　数　144 千字
版　　次　2013 年5 月第1 版
印　　次　2021 年7 月第8 次印刷
书　　号　ISBN 978-7-5108-2078-6
定　　价　36.00 元

出版说明

　　冰心是我国现代文学史上著名的作家，她的儿童文学作品和散文在中国文学史上占有重要位置。

　　这里所说的"冰心奖"包括"冰心儿童文学艺术奖"和"冰心散文奖"。

　　"冰心儿童文学艺术奖"创立于1990年。创立以来，它由最初的单一儿童图书奖，发展为包括图书、新作、艺术、作文四个奖项的综合性大奖，旨在鼓励儿童文学作品的创作出版，发现、培养新作者，支持和鼓励儿童艺术普及教育的发展。其中，"冰心儿童文学新作奖"与"宋庆龄儿童文学奖"、"陈伯吹儿童文学奖"、"全国儿童文学奖"并称国内四大儿童文学奖。

　　"冰心散文奖"是一项具有权威的全国性的散文大奖。冰心生前曾是中国散文学会名誉会长，"冰心散文奖"是遵照其生前遗愿而设立的，旨在彰显我国散文创作的成就，不断评选出题材广泛、思想敏锐、着力表现现实生活，创作形式风格多样的优秀散文。"冰心散文奖"是与"茅盾文学奖"、"鲁迅文学奖"并列的我国文学界散文类最高奖项，也是中国目前中国散文单项评奖的最高奖。

　　《相约名家·冰心奖获奖作家作品精选》共收录近年来荣获"冰心儿童文学艺术奖"和"冰心散文奖"的三十位作家的作品。这些作品无论是小说还是散文，或抒写人间大爱，或展现美丽风光，或揭示生活哲理，或写实社会万象，从不同角度给青少年读者以十分有益的启迪。

　　随着中小学课程改革的深入与发展，让中小学生多读书、读好书早已成为共识。我社推出本套大型丛书，希冀为提升中国的基础教育、为青少年的健康成长尽一份力。

九州出版社

目 录
C O N T E N T S

第一辑　保险柜里的秘密 / 001

保险柜里的秘密 / 003

上帝派来的天使 / 005

神秘的信差 / 008

父亲留下的保险柜 / 012

我恨我爸爸 / 014

妈妈的爱 / 018

深夜送客 / 019

一次善行的回报 / 021

来自君主的信 / 023

可爱的邻居 / 025

邂逅莫莉 / 027

我为什么要上寄宿学校 / 031

解决办法 / 035

邻家女孩 / 039

第二辑　窗子里的姑娘 / 043

重逢 / 045

窗子里的姑娘 / 048

错出的姻缘 / 050

海伦姑娘 / 054

无声的爱 / 056

婚姻的奥秘 / 058

汇款单 / 060

婚姻 / 063

意外的团圆 / 065

被忽视的爱 / 067

一个自感被忽视的姑娘 / 069

来生与你共牵手 / 073

酒吧邂逅 / 076

护花英雄 / 078

第二次蜜月 / 080

我叫布莱恩·安德森 / 084

日出时的相会 / 086

第三辑　智者隐居之旅 / 089

一把祖父留下的小提琴 / 091

觊觎 / 094

严格的法律 / 098

雇员莫罕提 / 101

智者隐居之旅 / 104

罪过 / 106

邻座 / 109

列车上的邂逅 / 111

回家路上 / 114

同进一家门 / 116

神秘的乘客 / 118

蓝色眼睛 / 120

总是迟到的她 / 123

自找麻烦 / 125

审判 / 128

一只好心的狼 / 132

悔过 / 135

第四辑　遇见上帝 / 139

遇见上帝 / 141

丽拉的孩子 / 142

他连墙都看不见 / 143

责任 / 144

女囚越狱 / 145

忧心忡忡的乘客 / 147

夺妻 / 148

第一辑

保险柜里的秘密

保险柜里的秘密

一切始于爷爷的保险柜。

尼纳德第一次看到爷爷的保险柜时才4岁。只见爷爷小心翼翼地锁上保险柜，并神秘兮兮地保护着里面的秘密。爷爷总是有意在尼纳德面前打开保险柜，查看一下里面的东西就再锁上。这让尼纳德很是好奇。尼纳德不明白爷爷的动机到底是什么。爷爷要是如此关心保险柜里的东西，他应该在尼纳德不在时打开检查，可他为何总是当着尼纳德这么做呢? 尼纳德年龄太小了，还不明白爷爷的真正用意。于是，他不再去关注保险柜，彻底将其忘掉。

尼纳德9岁那年的一天，他手里拿着一张学习成绩单跑向爷爷，脸上洋溢着自豪。爷爷接过成绩单看了很长时间，然后做出决定说:"我想该是把保险柜的事告诉你的时候了。"

尼纳德没有想到爷爷看到他的成绩单会做出这样的反应，他以为爷爷会祝贺他获得了国家奖学金。然而，被他认为越来越古怪的爷爷却说起他的保险柜。因为尼纳德一直对保险柜感到好奇，便立马全神贯注地听起爷爷的讲述。

"尼纳德，这个保险柜可以说是一个护身符，它将助你达到生活的高度，"爷爷用神秘的口吻说，"里面存放的东西会开化你的大脑，在这个世界上，你就没有实现不了的事情了。"

爷爷的话年幼的尼纳德当然是无法理解的，但他还是琢磨起爷爷话的意思来。

"但我必须提醒你，如果你对告诉你的秘密还没有准备好的话，那将会毁了你的一生，你将一事无成。"爷爷盯着尼纳德的眼睛说。尼纳德也恐惧地看着爷爷的眼睛。但尼纳德有可能成为某一神话的希望，让他充满莫大的激动。哈利·波特、蜘蛛人、《绿野仙踪》中的锡铁人等神奇人物，立马浮现在他年幼的大脑里。他是不是很快也会成为他们中的一员呢？

在尼纳德脸上的突然一记耳光，至少感觉像一记耳光，把他从幻想中拉了回来。爷爷在仔细观察着尼纳德。

"嗯，"在对尼纳德的额头审视了一番之后，爷爷喃喃地说，"看上去你还没有为此做好准备，只有最有知识的人才能拥有保险柜里的秘密。"说完，他就让尼纳德走开。

"我什么时候才能知道我准备好了呢？"尼纳德试探地问爷爷。

"当时候到了……"爷爷说完这句话就背靠保险柜睡着了。尼纳德知道，他再继续问下去，爷爷也不会告诉他。因为他清楚，爷爷只要一睡着，就是好几小时。

从此，尼纳德的使命就是解开锁在保险柜里的秘密，并有资格拥有里面的秘密。可他并不知道如何才能具备这个资格。他绞尽脑汁，想尽了一切办法，但都无法解开保险柜里的秘密。随着一天天过去，他对保险柜越来越着迷。当然，他还是一筹莫展。

时光就这样一天天、一月月、一年年地过去。

今天是学校公布学习成绩的日子。过去的一年，尼纳德学习非常刻苦努力。此刻，他正在屏住呼吸等待公布结果。当得知自己得了全校第二名时，他大大地松了一口气。在举行完庆祝活动之后，尼纳德高兴地来到爷爷身边。他以为他的成绩一定具备了拥有保险柜的资格，可爷爷还是让他失望了。爷爷说，他必须获得某些真正的本领，才有资格拥有这个保险柜。"没有真正的知识，"爷爷说，"犹如一个图书馆主人读了很多书，却一个字词都不懂。"

图书馆……图书……字词……

这些话对头脑还很简单的尼纳德是没有多少意义的，他只是将其看作是对他的进一步提示。于是他开始埋头于书中，他几乎什么书都涉猎——代数、几何、小说、人物传记、自然科学、哲学……总之，不管看到什么书，他都读。

一切就这样继续着……

尼纳德相信自己有一天会达到新的高度。每取得一个成绩，他都想让爷爷知道。可随着时光流逝，爷爷好像对保险柜秘密的关注越来越淡。爷爷始终没有把保险柜的钥匙交给尼纳德。

如今，尼纳德已经结婚成家，且生活幸福。突然有一天，爷爷召唤他。当他来到爷爷家时，发现爷爷正处在弥留之际。

"尼纳德，我亲爱的孩子，你做得非常出色，我想该是时候了。"说着，爷爷把保险柜的钥匙交给了尼纳德。

尼纳德赶紧打开保险柜。只见保险柜里什么也没有，只有一张粗糙的破纸，上面写着："我无法给予你所不能得到的任何东西！"

上帝派来的天使

伊克巴尔医生从公园附近的博里夫诊所下班后开车回家。他一边开车，嘴里一边哼着小曲。此刻，路上几乎已经没有了行人和车辆。

伊克巴尔朝就要西下的太阳看了看。今晚他要与妻子法丽达和很快就要成为医生的儿子阿马尔到外面共进晚餐。

突然，一个小伙骑车从公园里蹿出来，连看也不看就调转车把逆行在主路上，结果与伊克巴尔的轿车迎头相撞。小伙被撞出老远，当场死亡。

伊克巴尔吓坏了，急忙下车跑向小伙。他朝小伙看了一眼，就赶紧拨叫急救电话，并报告了警察。就在救护车拉走年轻死者的尸体时，伊克巴尔向警察讲述了事故的经过，并主动承担了责任。

经过调查，警察确认伊克巴尔在这次交通事故中是无辜的。伊克巴尔看着坐在房间后排的死者父母萨特夫妇，只见他们的眼里已经没有了眼泪，只是一副绝望的表情。

伊克巴尔走向他们，向他们表示深深的道歉。

"有什么需要我做的，请你们尽管说。"伊克巴尔对他们说。

起初，萨特夫妇未做任何反应。后来，萨特先生说："我想你应该是个正宗的穆斯林，一定相信以牙还牙之说，你要了我儿子的命，现在你要为他偿命。"

伊克巴尔听了惊恐不已，茫然不知所措，一句话没说就离开了房间。

萨特先生家境并不富裕。他经营着一个小小的苗圃，靠向私人住家提供花卉和果树苗为生。由于雇不起工人，苗圃里的活基本靠他一个人干。儿子吉万不仅是他和妻子的生活乐趣，而且还是他唯一的帮手。

毫无疑问，儿子的不幸去世，令萨特先生的生意遭受双重损失，因为他一个人是干不了两个人的活的。

除此之外，萨特先生的妻子是一个糖尿病胰岛素依赖者，她患有肾脏并发症，失去知觉的双腿在溃烂，随时都会要她的命。可他们没钱支付昂贵的治疗费用，只能听天由命。

次日一大早，有人前来敲门。打开门一看，是一位穿着朴素的英俊青年，一副温顺善良的样子。他双手合十向他们致敬，然后跪下向他们行触脚礼。

"你一定是伊克巴尔医生的儿子阿马尔吧？"萨特先生说，"我很是吃惊，我没有想到他会这么认真对我。"

"没人能代替我们儿子吉万的位置。"萨特的妻子说。

"我不是来代替你们儿子的，"年轻人说，"我是来干活的，我只是想像你们儿子吉万帮助你们那样，继续你们的生意。"

"那就请进吧，阿马尔，我来告诉你你该在我们这里做什么。"萨特先生说。

"你就住在吉万的房子里吧，因为我们家就这么一间空房。你的个头与我们的儿子差不多，你干活就穿他的衣服。还有，我们都是素食主义者，在我们家是没有肉吃的。走，我领你到苗圃里转转。"

就在萨特先生领着年轻人在苗圃转悠时，他发现阿马尔已经知道很多有关植物和树的知识，他甚至知道的比萨特还多。阿马尔顺手拿起一把铲子开始干起活来。他整修灌渠，移植植物，他还开始清理起苗圃里的枯枝烂叶。

阿马尔话语不多，每天只是不辞辛苦地在苗圃里劳作。他好像在全身心地帮助萨特先生经营着生意，每天总是劳作到很晚才上床休息。可第二天天还不亮，他就又来到苗圃干活。

一次，萨特的妻子透过窗户，发现很多漂亮的蝴蝶在围着阿马尔转。她还看到阿马尔的嘴唇在动。她能闻到空气中弥漫着芳香。

从来没有看到这么多蝴蝶和蜜蜂在苗圃中的花丛中传授花粉，甚至苗圃里从未来过的小鸟也在鸣叫。

苗圃里的树苗和植物很快就可以出售了。奇怪的是，一些七八年才能结果的果树开始结果，而且没有鸟来啄食树上的果实。真是不可思议！

很快，来自各地的客户纷纷来购买他们的花卉和树苗。

更让人不可理解的是，神奇的事情在萨特的妻子身上发生了。她的腿疼和溃烂开始好起来。她的肾脏功能检测也恢复正常。就连他们的家庭医生都无法解释这一现象。

两年之后，萨特先生又买了四英亩土地。在阿马尔的辛勤劳作下，他们的收入比过去增加了四倍。

一天，萨特妻子告诉丈夫："我们也该从奴役中释放阿马尔了。尽管我们失去儿子的伤痛仍将伴随我们的后半生，但这个年轻人在某种程度上已经抚慰了我们的伤痛并让我们生意好了起来，让他回到他的家人身边去吧。"

当他们把他们的决定告诉阿马尔时，他们以为他会高兴地跳起来。可阿马尔听了只是笑了笑说："但愿这是你们的意愿。"

在向他们行触脚礼之后，阿马尔离开萨特夫妇。

可他走出不远，又笑着走到他们的窗前。他在布满灰尘的磨砂玻璃上写下了他的名字。

阿马尔走后，萨特妻子给伊克巴尔医生打了个电话："我把你儿子送回去了，你能有这样一个好儿子，真是你最大的福气。"

"你说什么？"伊克巴尔医生问道，"我儿子阿马尔从未离开过我们家，你该不是疯了吧？"

困惑的萨特先生看着他的妻子，把刚才电话里听到的告诉了她。他简直无法理解。"难道那个前来帮助我们的小伙是上帝派来的天使？"他心想。

神秘的信差

当哈里进到那间房子时，他简直不敢相信自己的眼睛。房间里堆满了信件和明信片。哈里是新来的邮电职工。当局长问他是否乐意承担一些额外工作时，他热情接受。在他看来，给领导留下一个好的第一印象，肯定对他日后的发展是有好处的。

"你知道我也是新到这个邮局的，我的前任把无法投递的信件不是送往死信办公室，而是堆放了这间空房子里。我不知道这些信件在这里堆放了多少年了。我想把这间房子腾出来给新来的员工用。你简单看一看这些信件，然后把它们装进袋子里，找时间我们把它们烧掉。"局长对哈里说。

哈里接受下任务，便立马从房子一角开始工作。一连干了三小时他才抬起头喘了口气，房间已清理出一部分空间，信件装满了两个邮袋。除了灰尘让他打了几个喷嚏之外，这工作还不是很差，他想。他知道很多信件没有投出去是因为地址不对，他把它们都挑出来放在一边。

到第三天，房间里的信件已被哈里清理得差不多了。别看这项工作很脏，可他很是享受。有几封信他发现非常有意思，便打开看了里面的内容。毕竟，这些信件都是几年之前写的！想到有些情书从未被人收到过，他不禁惋惜地叹了口气。

突然，他发现了一封写给上帝的信。他感到很新奇，便把信打开，抽出里面的信纸，只见上面写着：

亲爱的上帝：

我爸爸与您在一起了吗？妈妈告诉我他去看您了。请告诉他我想他，我想让他给我买盒新的蜡笔。

落款"帕露"。

哈里脸上露出笑容。他看了看邮戳，时间已经很久了，这封信一定是很多年前写的。帕露如今一定出落成一个成年妇女，或许已经是一个妈妈。他朝房间里看了看，发现还有一些信件捆在一起，于是他抽出一封打开。

亲爱的上帝：

邮递员叔叔把蜡笔送给我了，请替我谢谢我爸爸。他什么时间能回家啊？

通过这些信件，哈里得知了帕露的故事。帕露还给上帝写信要了几样小东西，她要的东西都被邮递员叔叔及时送到她的手里。她最后一个要求是请求上帝不要把她妈妈带走。对于这一要求，善良的拉曼却是无能为力的。帕露在写这封信时心情是沉痛的，因为她就要离开自己的家去叔叔家住了。哈里眼里情不自禁地浸满了泪水。

清理完信件之后，哈里决定更多地了解帕露和一直与帕露保持联系的邮递员叔叔。他知道该去向谁打听，就是看门的那位老人，因为老人在这里已经待了十多年了。

"是的，我记得帕露。拉曼是我遇到的最善良的人，是他为帕露买了所有她要的东西。连续两年，帕露写信，拉曼就回信。后来，帕露妈妈去世。从此姑娘成了孤儿，很是可怜。"老人摇着头说，"然而，帕露是个很乖的姑娘。后来，她叔叔有了自己的女儿，我想她与他们在一起是很快乐的。有时她还来这里，因为她的一个婶婶还住他们在这里的房子里。即使拉曼去世后，她还不时到邮局来。现在我是唯一还记得她的人了。"

几个月过去了，哈里完全沉浸在了他的工作中。这时，邮局决定扩大营业范围，需要增加新的业务和设备，这样哈里工作就更忙了。一天，守门老人给他带来一个漂亮的年轻女士。"孩子，这是帕瓦蒂，我们说到过她，你还记得吗？她想要几张表格，请予关照。"老人对哈里说。

哈里眼睛一直盯着帕瓦蒂看。他头脑中的小帕露，甚至他极力想象的成年帕露，完全不像他眼前的这个漂亮姑娘。

"尤尼叔叔说过我吗？我想他应该会提到我，因为我常来这里。可是你能弄到师范学院的申请表吗？"姑娘问道。

"我想我可以给你弄到，我明天进城。"

"谢谢你帮忙，我要在这里待几个星期，我婶婶身体不好，她身边没人关照。"

"没问题。你读的是文学士还是理学士？"

"我读的是化学理学士。我很想成为一名教师，可我现在没钱继续上学。我需要一个工作，我不能老是依靠叔叔，那何时是个头啊？我为什么给你说这些？对不起，我该走了。"

帕瓦蒂点了点头很快离去。哈里发现她与一个陌生人分享这些时很是不自然。他不知道为什么没把他看到信的事情告诉她。或许再有机会时可以告诉她，他笑着想。他想一定还有机会。

从此之后，他们有了很多见面的机会。他为她搞到了师范学院空白申请表和填好的样表。帕瓦蒂现在与他在一起感觉很舒服。哈里希望她也与他的感觉是一样的。可信的事他一直没有提起。

几个月之后，在与父母商量过后，哈里问帕瓦蒂是否可以嫁给他。她的表情和脸红就是对他最好的回答。哈里告诉帕瓦蒂，他会找她叔叔商量的。在大家都同意这桩婚姻后，婚礼准备工作开始了。

婚礼仪式一结束，哈里递给帕瓦蒂一个信封。

亲爱的帕露：

你的父母和邮递员叔叔今天都很高兴。这是我们给你的结婚礼物——一封师范学院的录取信。

帕瓦蒂惊奇而高兴地看着他："你知道我写的那些信件？"

"希望你不介意我替上帝为你签了名。我是从你叔叔那得到的申请表，并以你的名义申请的。"

"我这一生太幸福了，上帝一直在设法满足我的愿望，先是通过拉曼叔叔（我后来才这样称呼他），后是我叔叔和你。"

"你是上帝的宠儿，上帝一直都在为你传递信件！"

父亲留下的保险柜

"医生，这需要多长时间？"

"我没听明白你什么意思，能再说一遍吗？"

"我的意思是这种治疗法，我们难以承受太长时间，我是指呼吸机和其他医疗器械。如果医院在费用上不给很大折扣的话，我们将无力支付。"

听到"折扣"一词，医生高度警惕起来："苏尔亚先生，你爸爸是否继续使用呼吸机，完全由你们家人来决定，医院只是按治疗程序行事。请你与你的弟弟妹妹商量之后，将你们的意见告诉我们。"

就在苏尔亚与医生说话时，病人的女儿吉塔、小儿子齐奴和病人的密友昌德拉·塞卡尔律师也在场。

病人子女来到重症监护病房外面的走廊，开始商量该怎么办。

苏尔亚说："我看到了父亲的存折，上面一共有4万卢比，只能够支付到目前的医疗费用。接下来的治疗费用我们该怎么办？既然他活着已经没有了生活质量，我认为没必要再继续使用呼吸机。我已经为女儿定下了婚期，反正我是没钱来分担医疗费用了。如果你们同意买单，我是没意见的。"

齐奴看上去很惊奇："什么？他只存了4万卢比？老头都把钱挥霍掉了！他真没有必要把你们送到国外去继续深造，结果你们也没有获得什么学位。为了看到你们能独立生活和为吉塔筹办婚礼，他简直花钱就像流水。实际上，他完全可以为吉塔在政府或银行谋个职，而且花一半钱为她找到一个大学教授的新郎。我已经把我的孩子都送到了奥提寄宿学校，这几乎让我倾家荡产，那费用简直不亚于白日抢劫。反正我是没钱分担父亲接下来的医疗费用了。"

现在该吉塔说话了。她转向齐奴："你忘记父亲是怎么扶持你做生意了？你甚至连12年级考试都没通过，父亲只好听你的，给你出钱让你开始做生意。每当你生意遇到困境时，都是他出面帮助你。难怪他的银行节余那么少。至于为我找新郎，我公婆至今对父亲没有兑现在灯节作为礼物送给我丈夫本田轿车的承诺耿耿于怀。你知道，父亲在婚礼大厅许诺送我丈夫一辆本田车，否则丈夫就拒绝婚礼继续进行。"

齐奴再次重复了一遍"白日抢劫"四个字，"我们当时该把他们送往警察局！"他气愤地说。

"希望你们不要对我丈夫有什么意见。反正情况就是这样。我是不可能承担父亲任何医疗费用的。如果你们决定中止治疗，我支持。"吉塔继续说，"我当时真希望父亲能为我的婚礼花费点。难道他把钱都浪费在了投机买卖上？他可是对理财从没头脑的。我一直希望能得到他许诺过的车。"

律师昌德拉·塞卡尔认为该是他介入的时候了："我有话要对你们所有人说，你们父亲在我办公室里留了一个保险柜，他告诉我等他死后由你们亲自打开。我不知道里面有什么，或许是什么非常珍贵的东西。这是一个密码锁保险柜，他把写有保险柜密码的纸放在了他在银行的寄物柜里。作为他遗产的执行者，他死之后由我来打开他的寄物柜，将那张写有保险柜密码的纸交给你们。"

气氛一下被这一消息活跃起来。他们都纷纷透过玻璃窗，窥视正躺在重症监护病房里奄奄一息的老人。他们眼里是对老人的爱吗？老人就连死后都为他们做了安排。

病房里好像出现了一阵混乱。一名护士从他们身边跑过，进到医生办公室。当医生冲进病房时，他只是轻蔑地看了他们一眼。

5分钟之后，医生从病房里出来。他看着病房外面的病人亲属说："对不起，一切都完了。"

不等葬礼结束，死者的孩子们就急不可待了，每个人都想知道父亲的保险柜里到底藏了什么珍贵的东西。他们会得到死去的老父的关照吗？

他们打开父亲留下的保险柜，从里面拿出一个封好的信封，赶紧将其打开。这是父亲写给他们三个孩子的信：

我很高兴尽我之责把你们三人都领上了生活之路。我在病床上听到了你们的惊叫，"天哪，他的钱都哪里去了呢？"在这里，你们可以看到三个笔记本，上面都一一记载着你们18岁以后我在你们每人身上的花费。请你们仔细地看看。这或许对你们将来计算你们把自己所得用在你们孩子身上多少有用。我没有什么有形资产留给你们，但我对此并不感到遗憾。我是一个死得很幸福的人，因为我认为我对孩子做的一切都是正确的。

一如既往地爱你们。

你们的父亲巴拉

我恨我爸爸

我非常恨我爸爸所做的一切。他没有能力为我们赚很多钱，生活却悠然自得，他追求精神生活胜过追求物质生活。我希望得到一部时髦的手机，他却给我买了一部很便宜的；给我买衣服也从不买品牌的，总是买最低档的；我想拥有一个笔记本电脑，他却给我买了一台台式机，并给我讲了很多台式机的好处。

总之，我要什么他都不会让我随心如愿。可他做这一切却总是有他的理由，与他争论我永远都说不过他。

"财富和幸福之间是平衡的，过多财富会蚕食你的幸福。我们应该对我们所拥有的知足。"他总是这样对我说。

爸爸在政府部门工作。当所有同事都在以行贿赚大钱时，他却是唯一的例外。由于他对上司从不出血，所以他一直得不到晋升。

当然，行贿是不对的，可他完全可以做点生意啊。当我这样建议他时，他却说政府规定不允许那样做。什么政府规定！看看周围，很少有人遵守这规定。在我看来，他这样做并不是想做一个诚实的人，只是想活得简单些。

所以每当我想要新的牛仔裤、零用钱、新款手机或笔记本电脑时，我们都会在家里大吵一场。他给我的钱只是让我购买他认为最基本的东西，也就是书和学习用品。在他看来，除了这些，其他都不重要。

每当这时，我都会抬高嗓门又哭又叫。可他从不让步，不是保持沉默，就是离家而去。

"一个人可以在世界上选择很多事情，唯独父母不能选择。"这句不知谁说的话真是太对了。我从心底恨我爸爸。谁家的父母都宠爱他们的孩子，而在我们家，我却是最不受宠的。我的命运怎么就这么不好。我恨自己生在这样一个吝啬的家里。或许与我是个姑娘而不是男孩有关！

尽管他总是教育我不要奢求过多，可他却把很多钱浪费在慈善上。他会经常向穷人施舍。一次，我手捧着乞讨碗站在他的面前，可他却不为所动，而是笑着离开。

在我们家，没有生日聚会，也从不下馆子，只是两年看一次电影。我感觉我简直就像生活在一个贫穷的非洲国家。

后来有一天，爸爸不幸遭遇车祸。家里唯一挣钱的人走了，我开始对未来担心起来。妈妈是个残疾人，双腿不能行走。但妈妈从痛苦中走出来之后说，爸爸为我们投了一笔巨额保险。数额之大，让我们一下变得富有。在我心里某个角落，我真为这一事实感到高兴，因为我可以得到他曾经拒绝我的那些东西了。

在爸爸去世的第十天，妈妈递给我一个信封。

"他早有预感会随时离开这个世界，这就是为什么他给自己投了一份巨额人身保险。他在很多年之前就写下这封信，并让我在他死后交给你。"

我翻着眼珠子。这是个什么类型的爸爸？他在信中会写些什么呢？我想肯定是要我如何聪明地花钱，如何不要浪费，要时刻想着穷人，等等。这些都是他一直在做的事情，也就是让我一直不快的事情。

最心爱的阿鲁拉达：

我很为你的健康成长感到自豪。不管你将来在哪里，都要努力本分地工作。每天看到你，我都会为我20年前做出的决定感到高兴。你妈妈由于残疾不能生育，于是我们收养了你。你妈妈希望我收养一个男孩，可我一直想要一个女孩。当我见到你时，直觉告诉我，你就是为我们而生的。

可三天之后，你患了急性肺炎，需要赶紧住院治疗。你妈妈还有我妈妈都劝我把你送回领养中心。那时我钱很少，在强大的压力之下，我冒雨开车又把你送回了领养中心。就在我要将你抱下车时，你紧紧抓住我的手指，给了我一个美丽的笑。我突然想，你要是我自己的孩子我会如何做？你要生病了我会怎么办？我会把你送哪里呢？

我当场做出决定，把你再带回家。妈妈说我精神病，可我认定你为我们的女儿，我绝不会再把你送回领养中心。

为你治病我要花费20万卢比。而就在那时，我几个月前刚买的新车被盗。妈妈一直告诉我，你是一个不祥之人，我必须尽快把你送走。可我没有听她的。

　　我们很长时间才从那段艰苦的岁月中走出来，可我们从未感到难过。因为你让我们的生活和家里充满了欢乐和幸福。我们很高兴你成为我们生活的一部分。面对每天极端的腐败和令人伤心的工作环境，你让我忘记所有的不快。

　　我知道我不能为你提供奢侈的物质生活，但对你需要的我还是尽量满足了你。

　　如果你能看到这封信，那就意味着我不在了。我死后，你将会得到我生前无法给予你的大笔财富。我尽了我最大的努力，希望你能成为光辉的典范。我不希望你过多追求身外之物，而是希望你关爱尘世间所有生灵。我在天之灵能够看到你，凭你的聪明才智和怜悯之心，相信有一天你会成为一个受人爱戴和喜欢的人。

　　好好待你妈妈，这些年来，她一直是我的力量，是她让我勇敢地面对人生。我很高兴我生活中有你和她这样两个女人。

　　我死后不要难过。我们来到这个世上是来尽责的，是来让其他人生活得更美好的。当责任尽完，就该离去。让我们都尽我们最大的努力吧。

　　上帝保佑你！

爱你的爸爸

我禁不住泪流满面，泪水浸湿了信笺。我想起领养中心里很多可怕的故事，很多姑娘不是被剥削，就是被凌辱，抑或被强奸。我看到了爸爸毫无怨言地为我所做的一切，我甚至看到了九泉之下的爸爸在欣慰地朝我笑……

妈妈的爱

12月的朝鲜，夜晚极度寒冷。战争正在激烈地进行，隆隆炮声不绝于耳。一名在战争中刚刚失去丈夫的年轻孕妇，正漫无目标地艰难跋涉在冰冷的雪地上。她在战区举目无亲，没有她认识的任何人。当她来到一座公路小桥时，她感到肚子不时阵痛，她知道她要临产了。她不能再继续前行，于是她赶紧来到桥下。

产疼越来越厉害。几分钟巨痛之后，她生下一个男孩。此刻，天气寒冷刺骨。她从自己身上脱下一件件衣服，爱怜地裹在孩子身上，然后便一丝不挂地躺在孩子身边。

就在这时，一名女传教士开车路过小桥。小桥刚过，她的车发动机突然出现故障。她赶紧停车，下车查看故障。一下车，她就听到桥下传来一个婴儿微弱的哭声。越听，哭声越大。于是她走到桥下，眼前的场景几乎让她昏厥。妈妈已经冻死，可孩子却神奇地活了下来。只见孩子的脐带仍完整无损，传教士赶紧用一把小刀将脐带割断，母爱般地把孩子抱起。

传教士安葬了孩子的妈妈，并收养了这个男孩。在她的精心抚养下，男孩与其他孩子一起慢慢长大。她每年都给男孩过生日。在男孩12岁生日那天，传教士把男孩的身世全部告诉了他。她说："我简直无法用语言来表达你妈妈是如何爱你的！"男孩听了很是感动。他恳求养母："你能带我去妈妈的坟墓看看吗？我想去为她祈祷。"于是，养母带他来到生母的坟墓。

在男孩向妈妈祈祷时，传教士就站在一边同情地看着。男孩突然大哭起来，一边哭，一边一件件地脱下他的衣服，披在妈妈的坟墓上，直到身上的衣服一件都不剩。然后，他跪在妈妈的坟墓前，祈祷了起来。他几乎被冻僵，四肢都麻木了。实在不忍心继续看下去，传教士冲到男孩身边。只听男孩说："啊！妈妈，我知道在你去世之前，你比我现在还要冷，我实在没有别的方式来报答你对我的爱。"

传教士帮男孩穿上衣服，带他回家。"你妈妈的在天之灵会知道你是多么爱她的。"她为孩子擦掉眼泪说，"妈妈的爱将永远伴随着你。"

深夜送客

20年前，我靠开出租车为生。一天深夜，我应约去接送一位老妇人。我按老人告诉我的地址提前10分钟来到她的住处，只见她所住的楼房除了底层一个窗户亮着灯外，整栋楼都是黑的。预约时间到了之后，见没人出来，我便按了下汽车喇叭。可等了几分钟之后，仍不见有动静，我只好下车来到老人的房门敲了几下。

"等一会儿。"一个声音虚弱的老人从房里回答道。我能听到有东西在地上拖动的声音。

很长时间之后，门才打开。一个看上去大概90岁高龄、个头很小的老妇人站在我的面前。她身着印花套裙，头戴一顶罩纱小圆帽，恰似20世纪40年代电影里的人物。她身边是一个小型尼龙手提箱。

这套房子看上去像是很多年没人居住了。所有家具都用东西盖着。墙上没有挂钟，橱柜里也没有什么小摆设或器皿。一个角落里放着一个纸板箱，里面装着照片和玻璃器皿。

"你能帮我把行李箱提到车上吗？"她说。我把她一个不大的行李箱提到车上，然后回来搀扶老人。她抓住我的胳膊，慢慢走向我的出租车。她一边走，一边不停地感谢我的热心。

"这是我应该做的，"我告诉她，"我只是在像对待自己的妈妈一样对待我的乘客。"

"哦，你这孩子真好。"她说。上车后，她给了我一个地址后，问我："你可以走市中心吗？"

"可那要绕路了。"我很快回答道。

"没关系的，我不介意，"她说，"我不着急，我要去一家临终关怀医院。"

我从后视镜看了看老人，只见老人眼睛里闪着泪光。

"我家里什么人也没有了，"她接着说，"医生说我活不了多久了。"

我悄悄地将计程表关上。"你想让我怎么走呢？"我问老人。

"你就随便在城里走吧！"老人说。

接下来的两小时，我们就在城里转，她一一告诉了我当年她开过电梯的楼房、与她丈夫新婚时住过的地方等。当我们来到一个家具市场时，她让我把车停下。她告诉我，当年这里是一个舞厅，她还是个姑娘时，经常到这里来跳舞。

有时，她会让我在一栋特别的建筑前或某个地方放慢车速。她就坐在车里盯着外面的黑暗，什么也不说。

当第一抹曙光从地平线上出现，她突然说："我累了，我们走吧！"

我们默默地朝她告诉我的地址开去。

这是一座不高的建筑，像是一个小小的疗养院，门廊可以开车上去。我们将车一停在门口，两个侍从就从门里出来。他们一定是在等着老人的到来。我打开车子的后备厢，将她的行李箱提到门口。只见老人已经坐进了轮椅。

"我该付你多少钱？"她一边掏钱包，一边问我。

"不用付钱了。"我说。

"可不行，你要靠这为生呢。"她回答道。

"我还有别的乘客。"我几乎没想，就弯下腰，给了老人一个拥抱。她紧紧地抱着我不放。

"你给了一个老太太短暂的开心，"她说，"太谢谢你了。"

我松开她的手，走进黎明。我听到了身后的关门声。我知道，这是一个生命关上的声音。

路上，我没有再拉任何乘客，我漫无目标地开着我的车陷入沉思。那天剩下的时间，我几乎很少说话。要是那天老人遇到一个脾气不好的司机或者遇到一个不耐烦的司机会是什么样子？要是我拒绝她说的路线或鸣一下喇叭就走人又会是什么样子？现在回想一下，我并不认为我做了什么了不起的事情，我只是做了我应该做的。

一次善行的回报

1892年，美国加利福尼亚斯坦福大学，一个18岁的年轻大学生正在为筹集他的学费而奋斗。他是一个孤儿，不知道该到哪里去筹集钱。就在他一筹莫展时，他突然想出一个点子。他决定与一个朋友在大学校园里举办一次音乐会，以此筹集他们的学费。

他们找到钢琴家伊格纳西·帕德雷夫斯基，但帕德雷夫斯基的经纪人要2000美元的担保金。双方达成协议后，两个男孩便开始为举办一次成功的音乐会而做起了准备。

音乐会这天，帕德雷夫斯基来到斯坦福大学，他要为听众独自演奏钢琴曲。但遗憾的是，两个男孩没有卖出足够的票，整场音乐会收入才1600美元。他们非常失望，于是他们很为难地对帕德雷夫斯基做出解释。他们把收入的1600美元全部给了帕德雷夫斯基，并给了他一张400美元的欠账支票。他们向帕德雷夫斯基许诺将尽快兑现支票上的400美元。

"不用了。"帕德雷夫斯基说，"这钱我是不能接受的。"他当场把支票撕碎，并将1600美元退给两个男孩说，"拿着这1600美元，请用这些钱支付你们为这次音乐会的花销，并留出你们的学费，剩下的给我就行了。"听了帕德雷夫斯基的话，两个男孩很是惊讶，他们深深地向他表示感谢。

这只是一个小小的善行，但它却清楚地表明帕德雷夫斯基是一个多么伟大的人。他为什么要帮助两个他根本都不认识的人？在我们的生活中，我们都遇到过这种情况。但我们大多数人只会想："如果我帮助他们，我会得到什么？"但真正伟大的人会想："如果我不帮助他们，他们的结果会怎么样？"他们不会期盼有什么回报才去帮助别人。他们帮助别人，是因为他们感到这样做是正确的。

帕德雷夫斯基后来成为波兰总理。可不幸的是世界大战爆发，波兰毁于一旦。他的国家有150多万人处于饥饿状态，但他却没有钱来养活他们。帕德雷夫斯基不知道该去哪里求援。后来，他找到美国食品和救济署求援。

美国食品和救济署的头是一个叫赫伯特·胡佛的人，这个人后来成为美国总统。胡佛同意帮助帕德雷夫斯基，很快向波兰运去食品和粮食，帮助饥饿的波兰人民渡过难关。

帕德雷夫斯基对胡佛的帮助很是感激，他决定前往美国会见胡佛，并向他表示感谢。就在帕德雷夫斯基开始感谢胡佛高尚的举动时，胡佛打断他说："你不应该感谢我，总理阁下。你可能不记得了，很多年之前，你帮助两个年轻学生在美国读完大学，我就是其中之一。"

来自君主的信

什瓦妮打开她家门口的信箱，发现里面有一封信。在打开信封之前，她又仔细看了看信封。信封上没有邮票，也没有邮戳，只有她的名字和地址。她打开信，信是这样写的：

> 亲爱的什瓦妮：
>
> 周六下午，我要去你家附近办事，想顺便到你家看看。
>
> 永远爱你的君主

什瓦妮两手颤抖地把信放在桌子上。

"君主为什么要造访我？我又不是什么特殊人物，我甚至连招待他的东西都没有。"她厨房里的柜子全是空的。

"啊，天哪！我真的什么也没有，怎么招待君主啊？我得赶紧下楼去商店买点东西！"

她打开钱包，开始数点里面的钱，只有170卢比。"用这些钱，我至少可以买些面包和蔬菜。"她心想。

于是，她穿上外衣，急忙出门。她买了一块面包，几样蔬菜和一桶牛奶之后，钱包里就剩30卢比。直到下周一，她只能靠这30卢比为生了。然而，她却高兴地提着采购的东西往家走去。

"您好，夫人，可以帮帮我们吗？"突然从胡同里蹿出一男一女，男的对她说。

什瓦妮正在琢磨着她的晚餐计划，根本没有注意到胡同里还有人。"瞧，夫人，我没有工作，妻子和我就生活和露宿在这条街上。天慢慢冷了，我们真是饥寒交迫。如果您能帮助我们，夫人，我们将不胜感激。"

什瓦妮看了看这他们，只见他们衣衫褴褛，又脏又臭。

"兄弟，我很想帮助你们，可我自己也是个很穷的女人。我目前所拥有的只是这些蔬菜、面包和牛奶，可我今晚要招待一位重要的客人，实际上我正在为他的到来做准备。"

"哦，是这样啊！好吧，夫人，我明白了，但我还是应该谢谢您。"

男人拉起妻子的手，转头走进胡同。看着离去的他们，什瓦妮心里很为他们难过。

"兄弟，等一等！"

两人停下，转头一看，发现什瓦妮正在向他们走来。

"你们为什么不把这些食品带走，我再想别的办法来招待我的客人吧！"说着，什瓦妮就把食品袋交给了男人。

"谢谢您，夫人，太感谢您了！"男人说。

"是的，真是太感谢您了！"男人的妻子也说，只见她浑身冻得直打战。

"来，穿上我这件外衣，我家里还有衣服。"什瓦妮脱下自己的外衣，给女人穿上。然后她笑着转身走向大街。

"谢谢您，夫人！太感谢您了！"

当什瓦妮到达她的家门时，浑身已经冻透，而且心里充满担心。君主要来她家造访，而她却什么招待的东西也没有。

就在她从包里掏钥匙开门时，她发现门口信箱里又有一封信。

"真奇怪，邮递员通常每天只来一次，今天怎么会来了两次呢？"

她从信箱里取出信打开念道：

亲爱的什瓦妮：

很高兴再次给你写信。谢谢你送给我们的饭，还要感谢你漂亮的外衣。

永远爱你的君主

读完信后，什瓦妮顿时明白，给她写信的君主就是她所施舍的那对露宿街头的无家可归者。尽管天气很凉，但她内心却感到非常温暖。因为她用她的善心和爱心温暖了那对饥寒交迫的夫妻。

可爱的邻居

他们租的房子正好与我们家门对着，每当打开门，我们就能从防盗门上部看到各自房里的情况。

他们是两个人——父亲和儿子。父亲大概70岁，儿子看上去45岁左右。我不知道他儿子是否已经结婚成家，可他们家里除了他们两个，没有别人。偶尔会看到有亲戚来他们家，来得最多的是一个8岁左右可爱的小姑娘。小姑娘一来，就会见儿子用自行车带她出去玩。

儿子每天10点离开家去上班，晚上10点才回家。

整个白天，老人就一个人在家。他有时会出去买食品、牛奶，或到洗衣店洗衣服。他每天还叫个雇工来给他打扫卫生。

我今年30岁，与父母住在一起，我还有两个妹妹，一个25岁，一个27岁。尽管我已经到了而立之年，可我仍孑然一身。不要问我为什么？

我们很快熟悉了新来的邻居，老人有什么事会找我们说，有时他会让我们给他介绍雇工。老人喜欢笑，每天都看他乐呵呵的。他告诉我们，他妻子两年前去世，现在与大儿子生活在一起，他在穆兰德还有个小儿子，并在晨布尔有个女儿。

我逐渐了解了他的日常生活，他每天6点起床，然后打开大门，一直开到9点。到了9点，他会锁上防盗门，到楼下吃早餐（我想），半小时之后回来，开着门一直到10点。

10点，他儿子要去上班。儿子一走，老人就把大门关上，独自一人待在家里。12点左右，他会打开门等雇工来，一直到雇工打扫完卫生离开，他才把门关上。

到下午6点，他再次打开门到外面吃快餐。我好几次看到他晚上在路边的小摊上吃包子、小面饼、灌汤泡芙等快餐。不知道为什么，每当看到他在小摊上吃饭，我都会停下脚步，看他津津有味地在那里慢慢品味，看他吃饭的样子，感觉食品对他就是一切。看他生活充满活力，我越发对他产生兴趣。

到晚上8：30或9点，他会到建筑工地，与在那里的建筑工人聊天。他们一起聊他们年轻的时候、他们现在的问题、他们的儿女、他们的亲家、孙子孙女等。

就这样持续了三年，每天看老人早上开门和他的日常活动成了我生活的一部分。当我打开我家的门时，我就大概知道我会看到门外有什么，我对他的日常规律太清楚了。我要是一天看不到他，就会感到生活少了点什么。我喜欢看他的笑脸，看他慢慢走路的样子，看他生活的每一个举动。

一天，老人突然离开了这里，去了他小儿子所在的穆兰德。

老人一走，我对面就只剩他大儿子一个人。只见他每天按部就班，上午10点离家，晚上10点回家。

我想问问他老人怎么回事，为什么他不把老人接回来与他生活在一起。

但有人会对我说："还是少管别人的闲事。"可我想他，他不在，我的生活就像失去了什么东西，这是别人无法理解的，我也无法向他们解释清楚。

邂逅莫莉

一个一月寒冷刺骨的早上，我开着我那辆陈旧的卡车，行驶在前往得克萨斯州威利斯市的路上。开着开着，我感到肚子有些饿，便随手拿起随身携带的我最喜欢的快餐——香肠鸡蛋汉堡包吃了起来。

就在我一边吃着汉堡包，一边往前行驶的时候，突然发现路边有一只深黄色的西班牙长耳猎犬。从它快要拖地的肚子和奶头，我断定它正在哺育着小狗。只见它肋骨突出，证明它没有吃的。我放慢车速，很想知道它为什么会是这样。它害怕和绝望的眼神让我对它顿生怜悯之心。

我一边开车，思想一边斗争。我自己已经养着两只狗，我要再收养它，我能顾得过来吗？但看到它可怜的样子，我实在不忍心让它继续这样无助地生活下去。

第一辑／保险柜里的秘密

就在我喝第二杯咖啡时，我做出一个决定：我必须救助这只可怜的狗。于是，我去快餐店买了两个汉堡包，赶紧回到我看到它的地方，但它却已经不在那里了。我等在那里，唤了它好几次，还是不见它出现。于是，我只好留下一个汉堡包继续赶路，我知道我下午回来时还会路过这里。可我路过那里时，只见汉堡包不见了，却仍不见它的影子。

那天夜里，我辗转反侧睡不着。外面北风呼啸，西班牙长耳猎犬那双可怜的眼睛一直在我眼前浮现。好像有什么东西在告诉我，如果我不赶紧采取行动，我将失去救助这只狗的机会。

我必须找到这只狗。我把剩下的那个汉堡包在微波炉里热了热，用布包起来拿在手里，便走进寒冷而又灰暗的黎明。此刻，天正下着冰雹，密集的冰雹砸在我的脸上。

我手里拿着热乎乎的汉堡包，站在路旁的树丛边呼唤着它，但我的声音都被呼啸的北风吹走，它根本听不到我的呼唤。就在我要转身离开时，我听到了一阵沙沙声。透过树丛，我看到了那张可怜而又惊恐的面孔。一时，我们都盯着对方的眼睛看着。我拿出汉堡包。它可怜的悲嗥告诉我：它正在极力决定它是否该信任我。

我温柔地对它说，朋友，你尽管相信我。它躬了躬身子，表示勉强信任我。我把汉堡包放在地上，慢慢地向后退去。它警惕地缓缓走近我。来到汉堡包跟前，它用右前爪一勾，含起就跑。

接下来的两天，我每天早晚都带上汉堡包与它在同一个地方见面。渐渐地，它越来越向我靠近，眼睛里透着对我的信任。但在第三天早上，它没有像前两天那样咬起汉堡包就吃，而是朝它身后的树丛叫着看着。"告诉我你要让我为你做什么。"我说。它消失在树丛中，身后带回3只黑白相间的小狗崽儿。

它带着它的孩子从我身边走向我的卡车。它在车前停下，看着车嗥叫。我马上明白了它的意思。我打开车门，它便跳上汽车。小狗一看妈妈上了汽车，也想上，但由于太小，自己根本上不去。于是，我把它们一一抱上车，便载着它们向家开去。我不知道把它们拉回家我该怎么办，但我知道，我做了件正确的事情。

日子一天天过去，母子4只狗都健康地茁壮成长，我们之间也建立起了信任和友好关系。我知道，这位年轻的狗妈妈一定有个名字，但我不知道它到底叫什么。我试着喊它黛西、贝奇或内莉，但它都没有反应。可当我喊它"莫莉"时，它却高兴地摇了摇尾巴。我想它一定就叫莫莉。

当我带着莫莉和它的孩子进城时，它们喜欢坐在我卡车上的座位上。路上，我会不时给它们往嘴里塞好吃的。我们走到哪里，都会引起很大的轰动。

我仍然习惯地每天去麦当劳吃早餐。一天早上，我正在高兴地吃着香肠汉堡包，突然看到墙上有一张布告，我顿时惊了一下，因为布告上的那只狗的照片就像莫莉。

当我读着布告上的说明时，我的心脏跳得很快："一只怀有身孕的深黄色西班牙长耳猎犬，12月23日从这里走失，悬赏500美元，有发现者，请与吉姆·安德森联系。"

那天晚上，我几次拿起电话，但在拨号之前又都把电话放下。我知道我该把狗还给主人。要是我的狗丢了被别人捡到并拒绝还给我，我该怎么想？最后，我鼓起勇气，拨通了莫莉主人的电话。

"您好！哪位？"一个男人的声音问道。

"您好！我捡到了您的狗。"

我们说好在威利斯市的麦当劳饭店见面。我知道这次见面将是非常痛苦的。

见面那天，我把莫莉和它的3个孩子舒适地安排到卡车上，便带它们进城。我提前5分钟来到麦当劳饭店。我看到一对男女和两个孩子正站在一辆轿车前，我想他们一定就是莫莉的主人。

看到莫莉，他们都激动地叫着跑了过来。我有生以来，从没有看到过人与动物怀有如此深的感情。莫莉疯狂地叫着，兴奋得举止失常。

看到这种场景，我哽咽了。但我马上告诫自己，一个成年人在这么多就餐者面前哭泣，让人看到多不好！

"一个月之前，它是我们在这里吃早餐时走失的，"男主人向我解释说，"我想它一定被别人带走了，因为我们找遍了所有地方，怎么也没有找到它。我们很是着急，因为它当时很快就要生小狗了。它的名字叫戈尔迪。"说着，他从口袋里掏出厚厚的一打钱票塞给我。

"我不要钱，"我说，"我只希望狗能幸福。"

我最后一次抚摸着莫莉——不，是戈尔迪——的头，恋恋不舍。主人一家驱车离开时，知道我的心情很难过。

我怀着沉痛的心情走进麦当劳喝咖啡。刚坐下不久，我就惊奇地发现他们的车又折返回来，我赶紧迎了出去。只见女主人从车上下来，怀里抱着一只小狗——那只被我称作斯波特的小狗。"我们想，你一定想留一只小狗做纪念。"女主人说。

"是的。"我激动地说。我看到莫莉，不，是戈尔迪一直从车窗里往外看着，它好像并不介意把它的一个孩子送给我，因为我们之间已经建立起了坚实的信任关系。我看着他们的车上了高速公路，直到从我的视线中消失。

现在只剩下斯波特和我了，我把它抱上卡车，回麦当劳为它买了一个汉堡包。然后，我们就一起回家了。

从此，我再也没有见到莫莉，但我与它的孩子斯波特却相处很好。每当看到斯波特，我就情不自禁地想起我与莫莉的邂逅。

我为什么要上寄宿学校

一切都是从上帝把我弟弟带走时开始的。

可怜的小弟弟尚未从娘胎里出生，上帝就把他带走了……

从此，妈妈再也不是从前的妈妈，她彻底变成了另外一个人。

在上帝带走我弟弟之前，我们是幸福的一家——我爸爸、妈妈、尊敬的奶奶和可爱的我。

我们全家住在浦那一个叫马迪瓦拉小区的一套房子里。

早上，爸爸赶公司的班车前往他在皮穆皮里的工厂去上班，妈妈则走着把我送到巴吉拉奥路附近的学校去上学。

晚上，我们一起去塔尔亚特拉·甘帕提寺庙葱翠的草坪上玩耍。要是爸爸心情好，他会给我买由一个满脸大胡子叔叔烤的美味烤鸡。

周日，我们会去逛商店、看电影或美餐。爸爸有时会用他的摩托车带我们去郊外玩，或者带我们在简格里·马哈拉吉路上兜风，或者带我们去卡达克亚斯拉湖、卡特拉吉湖或辛哈加尔城堡去观光。有一次，我们甚至长驱直到罗纳瓦拉。

我们的生活很惬意，我们都很幸福和满足。

一个幸福的家庭必须拥有两样东西，首先，你必须爱你的家，你必须总想着回家，因为在世界上，家对你来说是最好的地方。其次，家必须爱你，你的家必须希望你回来，时刻在召唤你。是的，你的家必须欢迎你，等着你回来。你回来，家会高兴，希望你住在里面。

我们所住的马迪瓦拉小区里的人都很好，家家都很和睦，我们家的确是幸福的一家。

我在这里拥有很多朋友。一天，他们都说妈妈要生孩子了。

由于我是女孩，我希望妈妈能给我生一个小妹妹，这样我们可以一起玩。可奶奶一定要个小弟弟，于是我说，那好吧，我会与小弟弟好好相处的。

突然有一天，妈妈的肚子有点鼓胀。他们急忙把她送往医院，可上帝把我未出生的弟弟带走了。

就是从那一刻起，妈妈永远地改变了。

在医院里，我坐在妈妈身边安慰她："不要担心，上帝会再给我送来一个小弟弟的。"

听到我的话，妈妈开始哭了起来。她说，她再也不会要孩子了，我将是她唯一的孩子。

好几天，她脸色苍白，眼睛呆滞，甚至出院之后也还这样。大多数时间，她都是独自坐在窗下忧思。

"她这样整天待在房间里会疯的，她应该做点什么！"每个人都这样说。可爸爸却很固执。"谁来照顾家，谁来照顾我妈妈和我的女儿？"他问道。

"不用担心，我会把家里关照好的。"奶奶说。于是，妈妈参加了附近的一个计算机班。

很快，妈妈变得正常，又变得开心了起来。

"她是一个天生的计算机程序员。"每个人都这样称赞她。计算机班结业后，妈妈被一家顶尖的软件公司聘用。

"没门，"爸爸说，"养家糊口要靠我，我不希望我的妻子工作，我希望她把家照料好就行。"

"大男子主义！"每个人都对爸爸这样说。

我不明白大男子主义是什么，可我让爸爸很生气。

"让她去工作，我来关照家。"奶奶说。

"不要担心，爸爸。我现在是个大姑娘了，我可以自己关照自己。我会努力学习，争取年级第一。"我保证说。

于是，妈妈开始工作。当妈妈把第一个月的工资交给爸爸时，爸爸傲慢地说："我将会是最后一个动我妻子钱的人，用妻子挣来的钱生活，我宁可饿死。"

妈妈把钱交给了奶奶。爸爸什么也没说，却生闷气生了好几天。

生活变得忙碌起来。妈妈每天很早就起床做饭、做家务，然后准备上班。爸爸和妈妈都要赶他们公司的班车去很远的地方上班——爸爸去他在皮穆皮里的工厂，妈妈去高科技园。

爸爸妈妈走后，奶奶送我去学校。

一天，妈妈的老板与她一起来到我们家。老板说，公司要把妈妈派往美国去完成一个项目。他是来说服爸爸让妈妈去美国的。

我不希望妈妈去美国，我以为爸爸会不同意，可让我惊奇的是，他欣然同意，可能他认为不同意也没用。于是妈妈去美国待了三个月。

后来，信息技术大发展。信息技术，信息技术，到处都是信息技术……这给我们的生活带来了转折。

妈妈越做越好，越做越成功，项目越做越多，钱也越挣越多。

由于妈妈挣钱比爸爸多，爸爸对妈妈有些嫉妒。于是，他辞职开始做生意。我不知道他确切干什么，我只知道他的工作与计算机软件和硬件有关。

于是，一场竞争在爸爸和妈妈之间开始。很快，他们都能挣很多钱。在他们看来，马迪瓦拉小区已不再是理想的居住区，这里已不能适应他们的经济地位。

后来，我们搬到浦那郊区一座美丽小镇的一栋豪华住宅，我也进了一所著名的名流学校。

我们的新家在一个美丽的小区，远离城市。小区里有漂亮的花园、俱乐部会所、游泳池、健身房和很多其他设施。

这里简直太豪华了，住在这里的人都是很有文化和自命不凡的人。奶奶和我住在这里却很不快。

"这里简直就像一座五星级监狱。"奶奶常说。

她说得是没错的。等我们都走了，家里就剩奶奶一个人。整个一天，她就待在舒服的空调房里看电视肥皂剧。

我也想念我们在马迪瓦拉小区的老家，想念我们去萨拉斯·鲍格和拉克斯米的旅行，更让我想念的是我在那里的朋友，他们对我是那么友好，不像这里这些自命不凡的人。

这里的确很舒适，可我们在马迪瓦拉小区的家也不错。

由于妈妈到国外出差越来越多，爸爸的生意也越做越大，家里经常是奶奶和我，但我们还是把家料理得很好。

突然有一天，上帝把我奶奶带走了。

奶奶去世时，妈妈正在美国从事一个重要项目，不能马上回来。她一个月之后才回来。好几天，爸爸和妈妈都在商议着什么。

我感觉到他们在商议有关我的事情，因为每当我回到家，他们就不再商议或转换话题。

明天上午，我就要去番奇加尼一所名流寄宿学校上学了。

我不知道发生了什么，也不知道将要发生什么，但有一件事是确定的：如果不是上帝把我尚未出生的弟弟带走，我是不会去寄宿学校上学的。

解决办法

"我不知道我将如何解决这个难题。"阿尼尔说。

阿尼尔目前确实遇到了一大难题，这个难题就是他父亲。他父亲得了痴呆症，而且一天比一天严重。

"起初，父亲病情不太严重时，我们还能应对。他只是有点忘事糊涂，说话语无伦次，情绪不稳定，有点晕头转向，干什么都需要有人帮助——我妻子和两个孩子都尽最大努力关照他。可随着父亲病情加重，现在我们已经照顾不了他了。"阿尼尔说。

"我知道，"我说，"这对你们一定很难，特别是你妻子。"

"这些年，她确实像对待亲生父亲一样精心关照着我父亲。她忍受他的习性，关照他的需要，她要给他洗澡，给他穿衣，甚至带他上厕所。就连他对她有攻击时，她都设法让他镇静下来。但发生今天早上的事情之后，她向我发出最后通牒。"

我来告诉你们今天早上发生了什么。

我去浦那火车站接来自德里的女儿时，发现阿尼尔的爸爸漫无目的地徘徊在就要从浦那开往孟买的火车站台上。突然，他朝空调车厢走去。就在他要上车时，我拦住了他。我抓住他的手，将他拉到一边。他没有认出我来。他极力想挣脱我的手。可我使劲抓住他的手不放，他朝火车打着手势，并开始语无伦次地说着什么："孟买……值班……孟买……值班……"突然，他变得暴躁，极力挣脱我。于是，我发出警报。在别人的帮助下，我们将他制服。他倒在地上，开始孩子般哭了起来。

我急忙给阿尼尔打电话，他很快来到车站。我们将他父亲抬上轿车。突然，他的病情严重了起来，像是癫痫病发作。于是，我们急忙将他送往医院，并将其收入重病监护室。

我们坐在重病监护室外面。我很为阿尼尔和他的父亲难过。阿尼尔和我都是"铁路孩子"，我们一起在铁路边上长大。由于是同行，我们的父亲都是亲密的朋友，我们有幸在同一个站上工作，阿尼尔和我也自然成为亲密朋友。高中毕业后，我们都考进了印度信息技术学院，现在我们两个都生活在浦那。我为阿尼尔的父亲感到难过。年轻时他可以发号施令，可到了老年，痴呆症却让他如此遭罪。

很快，我们的妻子、几个同事和朋友都来到医院。我们站在重病监护室外面的走廊里讨论解决问题的办法。

"我再也照顾不了他了，"阿尼尔妻子说，"自从他得了癫痫病，我简直就像生活在监狱。阿尼尔每天上班，孩子们每天上学，可我一天到头只能与他待在一起。我要做任何事情，可还要忍受他发脾气，甚至要清理他的粪便。现在他甚至从家里出走，到处找不到他。我再也受不了了。再这样下去，我会发疯的。"

"该让她休息一下了，"我妻子对阿尼尔说，"你怎么不把你父亲送到你妹妹那里住几天？"

"他妹妹？"阿尼尔妻子嘲弄地说，"父亲好的时候，她装得可好了，以确保她该得到的父亲财产。现在他病了，她却在极力逃避责任，不管不问。她最后一次来看我们时，我曾让她带父亲到她在孟买的家去住几天，以便我们休息一下。你知道她丈夫说什么？他家不想有一个精神失常的人，那会影响到他的孩子。于是我问他：我们的孩子就不怕影响吗？阿尼尔的妹妹只是保持沉默。打那之后，他们就再没来过。我恨她。她所做的只是偶尔打个电话，然后就会对外人讲，她是多么的关心她父亲。"

"这真是太不可思议了，可直到今天，人们都希望儿子来关照父母，特别是大儿子。"一个朋友一边说，一边问阿尼尔，"你还有弟弟吗？"

"有，他现在美国。"

"躲到国外最好，在美国享受自己的美好生活，这样可以逃避对父母的责任。"

"随着寿命的增长，这些老人成为难题。在我们住的地方，几乎每个人的孩子都在美国，他们倒霉的父母只好在面临很多健康问题的寂寞中度日。"

"不要担心，先生。你父亲至少不像我邻居那样严重，那个可怜人的脑细胞正在死亡，在过去的六个月，他就像一棵蔬菜躺在那里，每天通过管子进食和排泄。"新来的软件工程师极力安慰阿尼尔说。她在想，如果她告诉阿尼尔一个更严重的病人，或许他会感到一些安慰。可遗憾的是却起到了反作用。阿尼尔问她："他患癫痫病了吗？我父亲会不会也成为一棵蔬菜呢？"

"不会的，那样的事情不会发生的，你父亲会好的。"我将手放在阿尼尔的肩膀上说。

"但在目前状况下，我们不能让你父亲待在家里，我再也忍受不下去了，再这样下去，说不定哪一天，我就会垮的。他现在开始有攻击性了，我害怕。"阿尼尔的妻子说。

"我们为什么不让他待在医院？"我妻子问。

"我们不能永远让他待在这家医院里。"我说。

"不在这家医院，那在哪家医院呢？"

"一家医学机构，那里可以治疗他的精神问题。"

"精神病医院？你想让我把我父亲送到精神病院？"阿尼尔生气地说，"我父亲不是精神病，他没有疯，只是得了无法治愈的痴呆症。"

"冷静一下，阿尼尔，"我说，"她并不想伤害你。"

我妻子向阿尼尔说了声对不起，我们静静地坐在那里，直到重症监护医生叫我们："他现在稳定下来了，所有参数都很正常。今天夜里我们将把他换到一间特别的病房，对他进行观察。你们现在可以回家休息了，我们会很好地关照他。你们明天上午就可以把他接回家了。"

"你们都回家吧，"阿尼尔说，"我留在医院陪他，明天上午我带他回家。"

"不，"阿尼尔的妻子说，"我不想让他回家，你把他安排到别处吧！"

重症监护医生困惑地看着她。我给医生打了个手势，告诉他没事。然后，我对阿尼尔说："好吧，你待在这里，我们都回家想想别的办法。"

在我们回家的路上，我们接上阿尼尔的孩子，把他们带到我们家。阿尼尔的妻子和我妻子睡在我们的卧室，所有孩子都睡在他们房间，我则躺在沙发上，挖空心思地琢磨解决阿尼尔问题的办法。

我手机的铃声把我从睡梦中惊醒。是阿尼尔的电话，他的声音听起来有些颤抖，他语无伦次地哭着说："问题解决了……问题解决了……我父亲走了……他们在将他从重症监护室换到病房时，他情绪太激动，结果担架翻了，他的头摔到地上，脖子摔断，当场死去……"

"噢，天哪。"我说。我仍能听到阿尼尔的哭声："可怜的老人，他一定听到了我们说的话。所以他解决了这一问题——他的问题、我们的问题、每个人的问题。"这时，我可以听到阿尼尔痛哭的声音。

邻家女孩

"你不应该把任何人都视为理所当然。"妈妈说。

"我当然可以视安菊为理所当然！"我一边去接电话，一边说。

我拨通安菊的电话，几乎命令式地让她给我订一张前往孟买的火车票。然后，我还向她飞快地说出我前往孟买参加船长学习班之前几件该做的事。

我一定是感到了让她做这一切是理所当然有点不对，于是我突然说："嘿，安菊，穿上你的舞鞋，我们今晚出去玩玩！"

未等安菊回答，我就急忙把电话挂了。

我一直视安菊为理所当然。毕竟，她是我邻家女孩，我最好的朋友、知己、至交，说她是我的什么都行，反正她几乎是我生活的一部分。

安菊和我从小一直在浦那长大，从上小学到中学和大学，我们几乎都在一起。她甚至想跟我一起去出海，但那时，人家不要女海员。我们第一次真正分离是我作为商业海军的一名甲板实习生到海上去训练。

就在我在商业海军逐渐成为一名军官时，安菊读完了她的计算机硕士学位，现在一家颇有影响的高科技公司工作。

幸运的是，我的船经常停靠孟买，只要有可能，我们都会见面，因为一上岸休假，我就急忙赶往浦那。

几年过去了，可我们之间的关系并没有多大变化。

安菊依然是我的邻家女孩。

我始终认为她是理所当然的。

那天夜里，在与安菊度过了一个开心的夜晚之后，我很晚才回到家。到家时，我发现妈妈还没睡觉。

"玩得开心吗？"妈妈问我。

"很开心，"我说，"你怎么还没睡，都过了零点了。"

"在你明天早上去孟买之前，我想跟你聊聊。"她说。

"聊什么呢？"我问。

妈妈看着我的眼睛，温柔而坚定地问："你们两个——安菊和你，准备什么时间结婚啊？"

"什么时间？你是说'什么时间'？"我笑着说，"现在你也认为她是理所当然的了！"

"那你还有别的姑娘吗？你在孟买或其他地方还有别的姑娘吗？"妈妈问我，脸上带着担心。

"没有，"我笑着回答道，"你知道我不是每个港口都有姑娘的那类男孩。"

"人家安菊都快23岁了！"妈妈说。

"可我才26岁啊，至少等我船长学习班结束后再说。"我看着妈妈说。

我拉起妈妈的手接着说："你知道安菊和我，我们不用去谈这些事情。除了我，她还能嫁给谁？我们的结合是早晚的事，要不你等着瞧。一切将会自然发生，只是时间问题。"

妈妈保持沉默，可她的眼睛说明了一切。

"好吧！"我说，"明天早上安菊去车站送我时我问问她。"

那天夜里我没有睡着，脑海里充满很多疑问。我不明白是什么在困扰着妈妈。她好像很担心。像这样说起安菊和我，这在妈妈还是第一次。

我想起我与安菊在一起度过的那个开心的晚上，她还像往常那样活泼可爱。

安菊和我都心照不宣，婚姻是我们友谊的自然发展。除了婚姻还能是什么呢？

我第一次感受到了爱的痛苦。

第二天，我们到达浦那火车站时，已是早上7：10，开往孟买的火车还有5分钟就要开车了。

"安菊，"我说，"我想问你点事情。"

"女士优先，"她说，"我想给你一个惊奇。"

"惊奇？"我问，"我认为，我们之间没有什么秘密可保。"

"这就是为什么我想先说。还没有人知道，甚至我的父母都不知道，我想让你第一个知道。昨天晚上我们聚会完你把我送到家后，我打开电脑，收到一封电子邮件。"

"电子邮件？什么电子邮件？"我问道。

"我要去美国斯坦福大学攻读计算机博士学位，对方向我提供三年的全额奖学金。"

"三年！博士！你从来没有给我说起过啊！"我惊奇地说，显然有点生气。

"对不起，但一切发生得都很突然。"她抱歉地说。

我只是目瞪口呆地站在那里。

"我很困惑，桑贾伊。你必须好好帮帮我。"安菊说。

"帮帮你？"我困惑地问。

"我知道我该依靠你，桑贾伊，"安菊说，"有很多基础工作要在孟买做，诸如，护照、签证、机票等，还有跑领事馆、银行等，我把这些都交给你，桑贾伊。你是这个世界上我理所当然的人。"

我的内心在疼痛。三年！我们要分别三年，甚至有可能永远分别。我简直不敢去想。

可当我看着她那双会说话的眼睛的那一刻，我意识到真爱意味着放手。我应该高兴地让她去实现她的志向。我控制住自己的感情说："好的，安菊，你当然应该依靠我。你任何时候都可以视我为理所当然。"

她把手掌压在我的手上，我也把我的手掌压在她的手上，温柔地朝她笑了笑。

一声汽笛，火车开始启动。我们之间的距离开始拉大。我满怀希望地看着她，心里在想，我们之间的距离是否会有桥梁连接，还是会继续加大。

10年过去了。是的，时间已经过去了10年。就在我的船驶进休斯顿附近的加尔维斯敦港时，我的大副问我："船长，你确信她会从西雅图千里迢迢来看你吗？"

"安菊当然会来，她一定会来！"

第二辑

窗子里的姑娘

重逢

尽管已经是9月，可浦那好像仍在雨季高峰，每天总是阴雨绵绵。今天整个一上午，天都在不停地下雨。

正常工作日时间，上午10点我应该坐在我的办公室了，可今天我却开着我的小轿车，慢慢地行驶在雨中的路上，因为今天我有一个重要的约会。

就在我路过昂德公交车站时，我突然发现阿维纳什正站在站牌下避雨，浑身都快湿透了。

他也看到了我。我们眼睛都相互对视着。对这不期而遇我不知道谁更惊愕——是他还是我。

我的第一反应是不去理他，开车走人。

可我善良的一面左右了我。于是我在他身边把车停下，侧身伸手打开另一侧的车门，招手让他上车。

他好像有点犹豫："谢谢，我等着打车，我要去德坎。"

"快上来吧，阿维纳什，看你衣服都快被雨淋透了。这么大的雨，你不可能打到车的。我正好也去德坎方向，我捎你一程。"

他上车。一时，我们都陷入沉默。

"已经5年了。"他说。

"是的，"我说，"没想到会在浦那看到你。"

"我刚从孟买乘坐沃尔沃公交车来到这里。你来浦那干什么？"

"我6个月前就搬到这里了。你还在美国吗？"

"是的，但我想回来。"

"是想家了还是因为美国经济仍不景气？"

"都不是。"

"那你到浦那来是找工作吗？"

"不是，是别的事情——家务事。"

"家务事？你在浦那有家务事？"

"我妻子家是浦那的。"

"妻子？你又结婚了？"

"是的，两年之前结的。"

"我一点都不知道。"

"我们不是决定不来往了嘛，而且永不回头。"

"是的，所以我们彻底失去了联系。"

"这对我们两个都好，是不是？"

"是的。"

"你又结婚成家了吗？"

"是的，我们离婚后你一去美国，我就又成家了。"

"是在心灰意懒之下成家的吗？"

"可能是吧。"我笑着说。

阿维纳什没有变化，在谈起这些让人伤心的事情时还是那么天真。

我们快到浦那大学时，我问："告诉我你妻子家在哪里，我好选择怎么走。"

"没关系，你随便在哪里把我放下都可以。"

"快告诉我吧，瞧雨下得多大，你想让我走森那帕提路，还是直行一直到弗格森学院路或者马哈拉杰路？"

"你要去德坎什么地方我就在哪里下。"

"你是不是怕我知道你妻子的家呀？"我半开玩笑地说。

"不，不，不是那意思，我要去其他地方——家事法庭。"

"去家事法庭？"我惊奇地问。

"是的，"他说，"过了德坎，家事法庭就在阿拉卡附近。"

"我知道家事法庭在哪里，"我说，"但愿你不是……"

"是呀，第一次是在孟买的家事法庭与你，现在……"他说不下去了，眼里盈满了泪水。

"我也是去家事法庭。"我犹如骨鲠在喉地说。

"什么？"他惊奇地看着我。

"我要与我丈夫离婚，今天是最后听证会，但愿……"

我减速，将车停在家事法庭附近的停车场。我用面纸擦了擦眼睛。然后，我把面纸包递给阿维纳什，他从里面抽了一张面纸，也擦了擦眼睛。

"或许我们应该待在一起，努力经营好我们的婚姻。"我说。

"是的，一切发生得是那么快，或许我们太草率了，太心急了，太任性了。"

"是的，我们应该能够经营好我们的婚姻。"

"我认为我们当年采取的方法太简单了，我们太年轻、太不实际、太不成熟、太冲动、太易变了。"

"是的，尽管我们在一起常吵闹，有时甚至是急风暴雨，可有一样……"

"一样什么？"

"与你在一起我就是我，无须掩饰、无须假装、无须被迫干什么事。"

"我也有同感，与你在一起，我可以有真正的自我，没有做作的感觉，无须隐瞒，从不会像与别人那样。与你在一起一切都很自然，我感觉我们是天生的一对。"

"或许我们该给我们的婚姻再一次机会，让我们的婚姻再继续下去。"

"你是认真的吗？"他用好奇的眼光看着我问。

"是的，阿维纳什。让我们重新开始吧，就如你说的，我也感觉我们是天生的一对。"

"好的，但有一件事我不太清楚。"

"什么事？"

"法律允许与同一个人结两次婚吗？"

"我想应该可以，我问问我的离婚律师，她会知道的。"

"好的，我也在家事法庭确认一下。"

"还有一件事情。"

"什么事情？"

"这一次，没有期待，没有失望，只有幸福的婚姻。"

"是的，"我深情地握着他的手说，"没有期盼，没有失望，只有幸福的婚姻。"

突然，我发现雨已停了，太阳正从云里慢慢露出。

我发动车子，然后我们朝家事法庭开去，去永远翻过彼此婚姻生活的第二章，开始续写我们没有写完的婚姻生活第一章。

窗子里的姑娘

她盖着毯子躺在床上，在黑暗中想象着照耀她眼睛的五颜六色的光亮，幸福的泪水情不自禁地从她的眼里流了出来。

她一头又黑又亮的长发铺散在床上，有的散在她的脸上，有的散在她的肩上。可这些都没人注意，陪伴她的只有寂静的黑夜。她没有抹过口红的双唇犹如红宝石般艳丽。她的眼睑好像在保护着她沉睡中看到的美梦。毫无疑问，她是在睡觉，可她的美却没有睡。她犹如一位楚楚动人的睡美人，随着静静的时间在不时变化着。

太阳从睡梦中升起。她也跟着太阳悄无声息地睁开眼睛，将眼睛暴露在明媚的阳光下。与现实相比，她好像更喜欢她的梦。她从床上下来，信步走到离她最近的一扇窗户边。她打开窗子，微风扑面而来。她的脸上顿时露出充满幸福的甜蜜微笑。

窗外，几个男孩正在楼下的广场上打板球。他们是所在社区少年队的选手。一个名叫苏曼的男孩看到了窗子里的她，很快他就对练球失去兴趣，坐下来看起窗子里的姑娘。他发现她在笑。他也不时地朝她笑。他希望她看到了他对她会心的笑。后来，姑娘进到屋里，从他的视线中消失。

苏曼彻底被姑娘所吸引，他已无心练球。与板球相比，他对窗子里的姑娘更感兴趣。

第二天，当他来到广场时，他看到站在窗子里的姑娘，正在梳理拢在胸前的长发，脸上透着最可爱的笑容。苏曼很想认识她。

苏曼是一个技术很好的板球队员，而且是队里唯一的击球手，整个球队全指望着他。当发现他不在状态时，教练很是惊奇。苏曼看上去已经心不在焉，对板球再也没有了兴趣。有时，他打球的样子简直就像是一个新手。

一次，苏曼正在偷偷地看窗子里的姑娘时，被他的队友迪里普发现。苏曼不得不吐露心声："我爱上了那个姑娘，我想见到她。"

迪里普一动不动地看着苏曼。

"我想她也爱我。"苏曼说。

"你怎么知道她爱你？"迪里普问道。

"因为她总是朝我笑。"苏曼回答道。

迪里普说："忘记她吧，把心思放在打球上，否则你会在队里失去击球手的位置。"

"我忘不掉她，你一定要帮帮我。你与她住在同一栋楼，你可以为我传话给她。"

"瞧，苏曼，人家并不爱你，她根本就没有朝你笑。"迪里普说。

苏曼根本不相信队友的话。

"你所看到的她的笑，实际上是她自己幸福的笑。"迪里普说。

"可每当我笑时，我都看到她也在朝我笑，"苏曼坚持说，"瞧，她又出现了，我看到她了。"

"别再想了，我亲爱的朋友。"

"为什么？"苏曼问道，这次他有点不高兴了。

"因为那姑娘双目失明。"迪里普揭穿秘密说。

"什么？"苏曼大叫道，"她的眼睛失明？"

苏曼看着窗子里的姑娘，只见她精神焕发，妩媚动人，对生活感到无比的幸福和满足，一双失明的眼睛在朝他看着，一张美丽的脸庞在朝他微笑着……

错出的姻缘

我把自行车放进车棚，便往家走。刚走到门口，就听到房里电话铃声响个不停。"一定是来自德里妈妈的电话！"我想。我赶紧开门去接电话。

由于不习惯用手机，妈妈从来不打我的手机。通常，她只是周日才给我打电话。可今天刚周五，会是什么原因让她这时打电话呢？

"斯瓦蒂，你好吗？"电话中，妈妈一如既往关心地问道，但嗓子听起来有点沙哑。

"我一切都好，妈妈。"我一边与妈妈说话，一边打开冰箱，倒了一杯我最喜欢喝的橘汁。

"斯瓦蒂，帮我一个忙。苏玛阿姨给我送来一张今天晚上的请柬，她侄子今天晚上举行婚礼。当我表示不能前往时，她坚持让你去参加。你就替我去出席一下吧。苏玛阿姨也去，你不会遇到什么问题的。"妈妈像往常一样委婉地向我施压说。

"可妈妈……"

"请一定去，斯瓦蒂。你到晨奈后，是苏玛阿姨帮你找到了新的工作，可不要说不去。你记一下婚礼的地址，就在考亚姆拜德市场附近的尼赫鲁大街上，举行婚礼的地方叫玫瑰园。另外……"她转换到另一个话题。

我对妈妈是非常了解的，凡是她吩咐的事情，只能服从，不能拒绝。

我从花店买了一束花，准备送给新娘新郎。我不想骑自行车去，因为路上的污染会把我喜欢的黑色薄绸纱丽弄脏。在与出租车司机讨价还价之后，司机同意200卢比把我从住地送到考亚姆拜德。

很快，我们就到达考亚姆拜德市场，司机问我婚礼的具体地址。我说在尼赫鲁大街的玫瑰园。由于那条街上有很多婚礼场所，要找到我要出席的玫瑰园并不容易。

就在我不知所措时，出租车司机问我新娘新郎叫什么名字。他说只要知道他们的名字，就可以很容易地从门口的装饰板上找到。可我太傻了，我连新娘新郎的名字都不知道！

我让司机向附近的店主打听打听。于是，司机在一家药店把车停下，询问了一下店主。他回到车上说："就在附近了。"他一直把我拉到婚礼

第二辑／窗子里的姑娘

现场。

我拿上花束走进婚礼大厅。我在灯火辉煌和装饰华丽的大厅里寻找着苏玛阿姨。当我怎么找也没找到她时，我开始有点紧张和不安。我先找了一把椅子坐下。婚礼很快就要开始了，我却一直没有看到苏玛阿姨，我决定打她的手机。可我发现我的手机里没有她的号码。我心里暗暗责怪起妈妈，都是她让我如此尴尬。我看了看手表，已经快8：30了。最后，我冒昧地加入到祝贺新娘新郎的队伍。我将向新娘新郎介绍我是苏玛阿姨的朋友。

在我走上台阶时，不小心把花束掉在了地上。

"给你。"一位年轻小伙捡起花束递给我，犹如向心上人求婚。只见小伙个头高高，英俊帅气。

就在我抬头看他时，他问："你是加雅的朋友吗？"

"不是，实际上我是来自新郎一方。苏玛阿姨是我们家的朋友。"我说出苏玛阿姨的名字，是希望能从年轻小伙那得到认可。

"哦，是这样啊，你可以去向新娘新郎打招呼，并在这里用餐。"他有礼貌地对我说。

我糊里糊涂地随着年轻小伙来到新娘新郎跟前。

当我提起苏玛阿姨的名字时，新郎一副茫然的表情，让我很是不知所措。

婚礼快要结束时，年轻小伙主动与我搭讪，"亲爱的姑娘，待会我们一起走吧。我叫兰剑。"他自我介绍说，并主动向我伸出他的手。

我告诉了他我的名字，并与他握手。

"好甜的一个名字。"他看着我的眼睛笑着说。

让我惊奇的是，接下来的15分钟，我们在一起聊得很热烈，好像我们是最好的朋友。

从聊天中得知，原来我们彼此住得很近。当他提出捎我回家时，我欣然同意。

"斯瓦蒂，你是怎么认识普拉卡什的？"路上，他突然问我。

"普拉卡什……谁是普拉卡什？"我问道。

"就是今晚的新郎啊。"他说。

"哦！他是苏玛阿姨哥哥的儿子。"突然我想起，我还一直没见到苏玛阿姨呢。

就在我们快要到达我所住的小区时，我引导他来到我住的楼房。"到了，就这里，紧挨黄门的那家就是我家。"我用手给他指了指说。

"介意去我家坐坐吗？喝杯咖啡再走好吗？"我问道。

"不麻烦了，告诉我你的手机号码，我改日再来。但我想告诉你，我是普拉卡什的弟弟。我们的爸爸是爷爷奶奶唯一的儿子。我们不知道'苏玛阿姨'。"

"什么？"我很是吃惊。

"我想你一定是进错了婚礼现场。"他笑着说。

"那不是玫瑰园吗？"我几乎叫道。

"不是，那是牡丹园。"

"真糟糕！"我红着脸说。

"没关系，我相信我们是有缘的。"

说着，他拿出一束漂亮的花（一定是他从婚礼服务台拿的），向我求婚："斯瓦蒂，如果你接受这束花，我们就可以一起庆祝明天的情人节了，我感觉我们是最般配的一对。"

面对小伙的突然求婚，我的心怦怦直跳，似乎周身都在涌动着暖暖的爱流。

海伦姑娘

有个男孩不幸患上不治之症——癌症。他才18岁，随时都有可能离开人世。自从患上癌症之后，他就一直待在家里，一切由妈妈照顾。整天被困在家里，让他很是烦闷，他好想到外面走走。于是，他请求妈妈放他出去。妈妈同意了他的请求。

男孩来到街区，发现沿街有很多商店。在路过一家CD店时，他一边走，一边透过门上的玻璃往店里瞥了几眼。走出不远，他停下脚步，又回来朝CD店里看了看。他发现店里有一个与他年龄相仿的年轻姑娘，他一见钟情爱上了这个姑娘。他推开店门，走了进去。他什么也不想看，就想看看店里那姑娘。他目不斜视地朝姑娘坐着的柜台走去。

姑娘抬起头来问道："你要买点什么？"

姑娘满脸微笑。他认为这是迄今他所见到的最美丽的笑容。他好想上去亲吻她一下。

男孩支支吾吾地说："哦……哦……我想买张CD。"说着，他就从货架上随便取下一张CD，走向姑娘去付钱。

"是否给你包起来？"姑娘问。

男孩点了点头。于是她走到货架后面去包装CD。

姑娘回到柜台，把包好的CD递给男孩。男孩拿上CD便走出商店回家。

从此之后，男孩每天都去姑娘的店里买一张CD。每次，姑娘都为他把CD包好。可他把CD带回家后就放进壁橱。尽管他很爱这个姑娘，也很想约会她，可他生性腼腆，始终没敢张口向姑娘说出自己的爱。男孩的妈妈发现了儿子的秘密，鼓励他勇敢地向姑娘表白，并大胆地约她出来。

于是次日，男孩鼓足勇气，来到姑娘的CD店。他像往常一样又买了一张CD。姑娘再次走到货架后面，为他包装好CD回到柜台前。男孩拿上CD，趁姑娘没有注意，将自己的电话号码留在柜台，就跑出店门……

丁零……丁零……

男孩妈妈拿起电话："喂，你好！"

是一个姑娘的声音，她要找男孩说话。男孩的妈妈开始哭了起来，一边哭一边说："你不知道吗？他昨天已经永远地离我而去……"

除了男孩妈妈的哭声，电话里寂静无声。那天晚上，男孩的妈妈走进儿子的房间清理遗物。她想先清理儿子的衣服。可当她打开壁橱时，只见里面全是一摞一摞没有打开包装的CD。看到这么多CD，她很是惊奇。她拿起一张CD，坐在床上，慢慢拆开包装。

她从包装里取出CD。与此同时，里面掉出一张纸条。妈妈捡起纸条，开始读着上面的内容："你好！我感觉你真的非常可爱。你愿意与我约会吗？爱你的海伦。"

妈妈打开另一张CD，又一张纸条从CD包装里掉了出来。上面写着同样的内容："你好！我感觉你真的非常可爱。你愿意与我约会吗？爱你的海伦。"

无声的爱

从一开始，姑娘家就坚决反对她与男孩约会。他们说男孩家庭条件不好，要是她执意与男孩在一起，她以后的日子会很不幸福，甚至会遭罪。

由于家庭的压力，这对年轻人经常争吵。尽管姑娘深爱着男孩，可她总是问他："你到底爱我有多深？"

男孩是一个不善言谈的小伙子，这常会让姑娘很不开心。因为男孩的寡言和家庭的压力，姑娘经常对男孩发火。每当姑娘发火，男孩总是默默地忍受。

几年之后，男孩终于大学毕业，但他决定到国外继续深造。出国之前，男孩正式向姑娘求婚："我不善言谈，但我却深深地爱着你。如果你也爱我，在我的余生，我会用心地呵护你。至于你的家人，我会努力去说服他们。你愿意嫁给我吗？"

姑娘接受了男孩的求婚。看到男孩如此真诚，姑娘的家人终于也做出让步，同意他们结婚。于是，在男孩出国学习之前，他们正式订婚。

姑娘走向社会开始工作，男孩则到国外继续学习。天各一方，他们用电子邮件和电话传递着彼此的爱。尽管这种爱让他们很是痛苦，但谁都没有想过放弃。

一天，就在姑娘前去上班的路上，她被一辆失去控制的轿车撞倒。

当她醒来时，发现父母都陪伴在她的床边。她意识到她严重受伤了。看到妈妈在哭，她想安慰妈妈，可她发现从她嘴里发出的只是气息，却没有声音。她知道她嗓子发不出声了……

医生说她的大脑损伤，影响到了她的声带。听着父母的安慰，她却说不出一句话。她彻底崩溃了。

住院期间，陪伴她的除了默默的哭泣，就是默默的悲伤。出院回到家后，家里的一切还是老样子，只是每次电话铃声响起，都会让她心里难受。她不想让男孩知道她的情况，也不想成为他的负担。于是，她给男孩写了一封信，说她不想再等他了。

她还随信寄还了男孩给她的订婚戒指。男孩收到姑娘的信和戒指后，给姑娘发了无数个邮件，打了无数次电话，可姑娘除了哭泣还是哭泣……

姑娘的父母最终决定搬家，希望姑娘能忘掉一切并开心起来。

在新的生活环境，姑娘学习起手语并开始新的生活。她每天都提醒自己，必须彻底忘记男孩。一天，姑娘的朋友来看她，并告诉她男孩从国外学习回来了。可她告诉朋友不要让他知道她的情况。从此，再也没有男孩的任何消息。

一年之后，姑娘的朋友来看她，并给她带来一封信，里面是一张男孩的婚礼请柬。姑娘的希望一下破灭了。可当她打开信封时，却发现请柬上写的是自己的名字。

就在姑娘要问朋友到底是怎么回事时，她却发现男孩就站在她的身边。他用手语对她说："我花了一年的时间学习手语，就是想告诉你，我没有忘记我们的承诺。让我有机会做你的声音吧，我爱你。"说完，男孩把戒指戴在了姑娘的手指上。

灿烂的笑容终于再次绽放在姑娘的脸上。

婚姻的奥秘

"谢谢你捎我这一程。"

"不用客气，你要去的浦那大学正好在我去辛杰瓦迪上班的路上。"

"我从未想到浦那会下这么大的雨。幸亏我在飞机上遇到你，否则我就被滞留在机场了。"

"第一次来浦那吗？"

"不是第一次，但已经是很久没有来了。25年前，我就住在这座城市，那时我就在浦那大学教学。"

"哦，那你是一位教授了？难怪你这么博学。应该说，你在美国电气电子工程师学会会议上所做的研究报告真的很棒。"

"谢谢。很高兴他们在德里举办这次会议，这给了我多年之后访问印度的机会。我工作一直很忙，只是匆忙来过班加罗尔出差两次，从未有机会来浦那。"

"你这次是去浦那大学做有关信号处理的报告吗？"

"不，不是。实际上我来浦那是想见一位夫人，我离开浦那后就与她失去了联系。你知道，那时候还没有互联网，没有电子邮件，而我又不擅长写信。"

"她在大学工作吗？"

“不。她住在加奈斯克辛德路附近的一座平房里，离大学很近。我想我会找到她的。”

“我怀疑。那一带现在都彻底变了，那里几乎没有什么平房了，代之为高楼大厦、商场和超市。你甚至都不会认识那地方了。你有她的名字和她的住址吗？”

“有。”我一边说，一边从兜里掏出一张纸条递给他。男人好奇地看了看纸条，问我：“你想见她吗？都过去这么多年了？”

“是的，我想当面向她表示我的感谢，”我说，“是她挽救了我的婚姻。”

“她挽救了你的婚姻？”

“是的。当年我和我妻子要离婚，我们的分歧已经不能调和，关系已经无法修复，我们的婚姻几乎到了无法挽回的地步。每个人都这么说，包括所有我们咨询过的婚姻咨询师、我们的亲朋好友，直到我们遇到她。她是我们所遇到的最好的婚姻咨询师，她挽救了我们的婚姻。是她建议我们放弃所有不愉快的包袱，到一个新的地方去开始新的生活。这一招确实很灵。我这次一定要见到她。谁知道我下次什么时间能再来印度。我妻子还要我送给她一份礼物——一条钻石项链。”

“哦，可这位夫人已经不住在这里了，她现住在昂迪。”男人说。

“你怎么知道的？你认识她吗？”

“我当然认识她，她是我的妻子。”他实事求是地说。

“什么？怎么会……”

“她与她的丈夫，我是说她的前夫——几年前离婚了。她离婚后就嫁给了我。”

我听了什么也没说，简直惊得目瞪口呆。

“我知道你在想什么，”他说，“这样一个拯救过无数婚姻的婚姻咨询师——怎么会拯救不了自己的婚姻？”

“不……”我语无伦次地说。

"你见到她时何不当面问问她？"他说。

"见到她？"

"当然，昂迪就在我们走的路上，我把你送到我们家。我曾告诉我妻子，我下了飞机就直接开车去上班，让我们给她一个惊喜。我相信她会记得你。你们两个见了面好好聊聊过去的事情，我尽早做完我的工作，赶回来吃午饭。然后，我再送你到机场，不会误了你晚上的飞机的。"

"不了，"我说，"我最好还是不要见她了。"

"去吧，讲点交情嘛。不要告诉我，你不想把你一路从美国带来的钻石项链送给她。她会很高兴见到你的。但我提醒你——她现在已经不再做婚姻咨询师了。"

汇款单

他们年事都已很高，一大早，他们就来到木质阳台上坐着。此刻，他们面前的小广场上空无一人，广场中间年久失修的喷泉水池里落满了昨天夜里大风刮落的干树叶。

随着时光的流逝，木质阳台已经倾斜。为防坍塌，主人在阳台下面支了几根柱子。

这对老夫妻面对面地坐在椅子上，丈夫体态臃肿，肌肉松弛，身着一件白色的阿拉伯短袖长袍，手里操着一把苍蝇掸子；妻子体态瘦削，身着大花红蓝缎服。他们每天都在阳台上吃早餐。当卖饭的小贩路过他们家时，他们就从阳台上系下一个篮子。当太阳升起时，他们就进到屋里不再出来。直到傍晚，才又回到阳台。

每月的第一天，他们都要在中午收到一张邮递员送来的汇款单。在老人儿子不在的7年间，邮递员总是准时地将汇款单送到他们手里。每当这一天，两位老人就坐在阳台上等待着邮递员的到来。邮递员一到，就把汇款单和签收本放进早已系在阳台下面的篮子里让他们签收。丈夫签完字之后，妻子总要拿过签字本再仔细检查一遍，因为老头儿经常签错地方。

收到汇款单后，他们就穿上前天晚上早已准备好的衣服马上出去。妻子总是把第二天出门要穿的衣服整整齐齐地放在起居室的两把椅子上，并把老头儿的皮鞋擦得亮亮的，每只鞋里还不忘放进一只袜子。这是一个月中他们唯一出门的一天，就连老人的退休金也要等到汇款单来了后一块儿去取。

丈夫穿上一件散发着樟脑丸气味儿的宽松的亚麻外衣，并在衬衣领下扎一条手绢，这是他从当小学校长时就养成的习惯。他开着门不耐烦地等着妻子梳妆打扮，妻子在眼睛上施了很多眼圈粉，并在嘴上抹了深深的红色唇膏。然后，他们手牵着手相依走下楼梯。来到大街上，他们不好意思地松开手，并肩向前走去。

从邮局取出钱之后，丈夫把钱交给妻子，说："不要忘了买牙签儿和樟脑油。"

"你没必要每次都提醒我。"

"还有香烟？"

"对了，还有香烟。"

她给他买了一盒香烟，以备老头儿失眠时抽上一支。他们来到一座管理不善的公园。因为园里没有座椅，且只有很少树荫（树都没有叶子），他们只好散步。可不一会儿，汗水就会湿透了他们的衣服。于是，他们朝火车站走去。由于很少出门，偶尔走这么多路，他们都感到非常疲劳。妻子在远离人群的地方为老头儿找到一个座位。她把他安顿好之后，便去买冰激凌。

商店就在他们对面。她几步穿过通道，很快买回两杯冰激凌。吃完，老太太说："这回商店里有圆锥状冰激凌了，你还想吃吗？"

"那就再来一个圆锥冰激凌。"

于是，老太太又去商店，买回两个圆锥状的冰激凌。

"这样的比杯状的好吃。"老头儿说。

火车进站。人们忙着下车上车，孩子们跑来跑去，车站一派喧闹。两位老人默默地看着周围。当旅客走空，车站静下来之后，妻子站起来问："圆锥状的还是杯状的？"

"圆锥状的。"

车站一片寂静，连二楼办公室里工作人员的咳嗽声都听得清清楚楚。

"过去几列火车了？"老头儿睡眼惺忪地问。

"6列。"

"不，5列。"

"你没有算货车。"

"没有，我没有算。你认为退休金够花吗？"

"又是同样的问题！"

"'又是'是什么意思？"

"你每次都问这个问题，我知道你下面该问什么了。"

"那你知道我下面要问什么？"

"你要问我如果汇款单中断了我们该怎么办。"

"没错。要是没有了汇款我们该怎么办？"

"怎么会中断呢？"

"假设中断。"

"我不想假设。"

"以前，他汇款时还同时来封信，可他已很长时间不再来信了。"

"他可能工作忙，没有时间写信，或许他身边没有笔和纸。"

"谁不在兜里装支笔和几张纸？"

"你就没有装。"

她说她要再去买些冰激凌，并说这是最后一次，吃完冰激凌，他们就回家。他说他要等着坐4点的车，因为那趟车是最好的一趟。

他们陷入瞌睡，可铁轨的震颤把他们震醒。4点的车缓缓驶进车站，只见车厢光洁闪亮，一张张面孔隔着关着的玻璃车窗正在向外张望。只有几名旅客上下车。火车在这里停了一会儿，就又继续向前驶去。

上车后，他们发现车上座无虚席。老太太帮着老头儿站稳，两人就这样离开车站。

婚姻

扎姆的丈夫是一名工程师，他工作出色，为人稳重，深得扎姆的喜爱。经过三年恋爱，他们于两年前喜结良缘。然而，现在她却发现他们的关系已经变得平淡无味，再也没有了昔日的浪漫情调。

丈夫是个非常实际的人，而扎姆则生性多情。一天，她终于忍受不了这种平淡无味的生活，要求与他离婚。

"为什么？"丈夫听了非常震惊，不知所措地问。

"我只是感到非常厌倦，"她不假思索地说，毫不顾及丈夫的感受，

"没有任何理由。"

那天夜里，丈夫默默地躺在她的身边，这让她更加失望。她想："一个连自己的危机都感觉不到的男人，我能指望他什么？"

终于，他问她："我怎么能够改变你的想法？"

她直视着他的眼睛，慢条斯理地说："回答我这个问题，我想要一朵陡峭山崖上的花，可要得到它，你将献出生命，你愿意为我这样去做吗？"

"我明天给你答复。"他伤心地说。

第二天早上醒来，她发现丈夫不在了，只见饭桌上放着丈夫写的一张字迹潦草的字条，上面写着：

亲爱的，我不会去为你采花，让我给你解释为什么。你使用计算机时，总是把程序搞乱，然后你就坐在屏幕前哭，我不得不动手为你恢复那些搞乱的程序，并为你擦去眼泪。你总是把钥匙忘在家里，我不得不跑回家为你开门。你喜欢旅行，可你总是迷路，我不得不去领你回来。你一累总是痉挛，我不得不为你按摩，缓解你的疼痛。你喜欢待在家里，可我担心你会得孤独症，为了减轻你的无聊，我不得不不厌其烦地给你讲笑话和故事。

当你老了的时候，我会在你身边为你剪指甲，拔白发。有我的陪伴，你永远不会感到孤独。所以，亲爱的，除非我确信有人比我更爱你，我是不会去悬崖为你采花的，将你一个人留下……

她的眼泪落在纸条上，弄污了上面的笔迹。

这就是我给你的答复。如果你认为我说得有道理，就请把门打开，因为我像每天一样，正拿着你喜欢的面包和新鲜牛奶站在外面。

她急忙打开门，只见他手里拿着每天的面包和牛奶，期待地站在那里，一副急切的表情。她忘记了她想得到的悬崖之花，充满爱意地一下扑进男人的怀里。

意外的团圆

在50年前的瑞典法伦，一位年轻矿工亲吻着他年轻漂亮的未婚妻说："在圣卢西亚宗教节日上，牧师将祝福我们的爱，我们将成为夫妻，开始营造我们幸福的家。"

"愿和睦的爱情永远与我们在一起，"他可爱的未婚妻甜蜜地笑着说，"你是我的一切，没有你，我就不活了。"

第二天，当年轻人身着黑色矿工服（每名矿工都为自己的葬礼做好了准备）路过未婚妻家时，他一如既往地轻轻敲了敲她的窗子，向她道了声早安。但晚上她却没有听到他向她道晚安，因为那天他没有从矿上回来。那天上午，她精心为他准备在婚礼上要搭的一条黑色围巾上镶了个红边。看他那天没有回来，她就将其放了起来。

就在那天，葡萄牙的里斯本市发生地震，整座城市被地震摧毁。自此之后，长达7年的战争结束，弗朗西斯一世皇帝去世，耶稣会被解散，波兰被分割，皇后玛丽亚·特里萨也离世，施特林泽被处决，美国独立，法国和西班牙联军攻占直布罗陀失败。土耳其人将斯坦将军关进匈牙利的维特拉尼洞穴，约瑟夫皇帝也归西天。瑞典国王古斯塔夫攻克芬兰，法国革命到来，连绵的战争开始，皇帝利奥波德二世被埋葬。拿破仑打败普鲁士，英国人轰炸哥本哈根。但农夫照样在田里耕作，磨坊主照样在磨房里碾磨玉米，铁匠们照样挥舞着铁锤锻造工具，矿工们照样在他们工作的地下挖掘。

但在50年后的1809年圣卢西亚宗教节日期间，瑞典法伦一座煤矿的矿工极力在两个通风井之间打开一个通道时，从275米深的地下碎石和硫酸盐水中挖出一具不知道浸泡了多少年的年轻人的尸体，尸体没有腐烂，还保持完好，他所有的特征和年龄仍能清晰可辨，犹如一小时之前刚刚死去或工作累了在打盹。然而，当他们把他送到地面上时，他的父母、亲朋好友都早已过世，没人来认领这个"睡着"了的年轻人，也没有人记得他的遭遇。直到曾经向下到井下就再也没有上来的矿工海誓山盟过的老妇人来到，人们才知道了他是谁。白发苍苍、弓腰驼背的老妇人拄着拐杖，蹒跚地走向躺着的尸体。看到尸体，她一下就认出他就是她当年的新郎。她没有悲痛，而是极度欢喜，她一下跪倒在日夜思念的心上人的棺材跟前。很长时间，她才从强烈的情绪中恢复过来。"他就是我的未婚夫，"她终于说，"在过去的50年中，我一直在默默地为他哀悼。现在，上帝可怜我，能让我在死之前再看上他一眼。就在我们要举行婚礼的前一周，他下到地下，从此就再也没有上来。"当看到容颜已逝、毫无力气的老妇人就是当年风华正茂的年轻人的新娘时，在场的人们都被她的悲剧感动了。50年后，年轻时的爱情烈火在她心中重新点燃，可他却没有张开嘴朝她笑一笑，也没有睁开眼睛看她一眼。作为年轻人唯一的亲属和唯一认领他的人，她最终在其他矿工的帮助下，将未婚夫的尸体抬到她家。矿工们则连夜在教堂墓地为他修建坟墓。

第二天，坟墓就修好了。矿工们来到老妇人家抬死者的尸体。她打开棺材，将一条镶着红边的黑色丝围巾放到他的尸体上，然后，她身着最好的节日礼服一起跟他来到墓地，这一天不是未婚夫的葬礼，俨然像是她的婚礼。就在矿工们将他的棺材往坟墓里下葬时，只听她说："你自己好好在冷冰冰的婚床上再睡上一天、一个星期或更长时间吧！我还有几件事没有做完，做完后，我很快就来加入你。这一天很快就要到来，耐心等着我吧，亲爱的！"

"在告别尘世时，尘世曾经给予你的一切将不复存在。"她自言自语地说。就在她离开墓地时，她恋恋不舍地再次回头朝埋葬着心上人的坟墓看了看。

被忽视的爱

阿南德的妻子拉蒂知道丈夫喜欢热茶，所以丈夫每天下班一回到家，她就笑着给他端上一杯热茶。他们结婚10多年来，几乎天天如此。面对妻子的一片爱心，这倒让阿南德很难张口与妻子讨论离婚的事了，他不敢面对妻子，更不敢直视她的眼睛。

他们的儿子已10岁。可很长时间以来，儿子苏里什却一直不理解为什么他的父母在一起时很少说话。

一天，阿南德喝完茶后，鼓足勇气直接问妻子："你什么时候在离婚协议书上签字？"

拉蒂冷静地告诉他："不用担心！我很快就签，但在签字之前，我有个条件你必须满足我。"

阿南德不知道妻子要提出什么样的条件。她是不是要一大笔离婚赡养费呢？他无法预见。

阿南德的思绪回到那天下午他与马拉蒂在她单元房里度过的美好时

刻，他们一起计划着他们的婚姻以及他们的蜜月。

拉蒂正在厨房做晚饭，她从厨房里出来告诉丈夫说，在离婚协议书上签字之前，她的唯一条件就是每天早上起床后，他仍能像结婚起初的几个月那样将她背到门口。

阿南德不知道妻子怎么了，为什么向他提出这样愚蠢的条件，这让他不可理解。鉴于条件这么简单，他欣然接受。

于是，每天早上，阿南德都把妻子背到门口。儿子对爸爸的行为很不理解，因为这曾经是他小时候享受的待遇，每天把他背到院里的幼儿园后，爸爸妈妈就去上班。阿南德开车去上班，拉蒂则乘公交车到单位。当第一天背拉蒂时，阿南德有点反感。可为了实现与马拉蒂生活在一起，他只好不情愿地背她，对此他感到很是沮丧。第二天背妻子时，他能闻到妻子纱丽上的味道，而且发现这个当年娶她时曾经非常漂亮的女人，如今脸上已经有了皱纹。看到爸爸每天背妈妈，儿子对父母的密切关系很是高兴，脸上现出了一种安全感。但随着一天天过去，阿南德不理解为什么妻子的体重在一天天减轻。

显然，拉蒂每天都在消瘦下去。随着一天天过去，阿南德发现他太忽视这个女人在他身边建起的爱巢了。他每天与儿子在一起，却没有注意到儿子已经长这么大。那个月的最后一天，他才知道妻子得了癌症，只能再活几天。

眼泪立刻从他脸上流了下来。他跑向马拉蒂敲开她的门。马拉蒂眼里满怀爱意和浪漫地迎接他，可阿南德却视而不见。他只是来告诉她："我不能娶你，对不起！"马拉蒂不知道为什么他突然改变决定。

阿南德赶紧跑回家，可怜的拉蒂已经没有力气与癌症抗争，但她却做到没有让儿子知道他爸爸的任何事情。

一个自感被忽视的姑娘

我有一个青梅竹马的男朋友，他的名字叫金。我一直把他当作普通朋友对待，但去年我们一起参加一个俱乐部组织的旅行时，我才发现我爱上了他。在旅行结束之前，我主动向他示爱。

很快，我们成为恋人，但我们却以不同的方式爱着对方。我很专一，总是把注意力集中在他一个人身上。可在他身边，却有很多其他姑娘。

对我来说，他是我的唯一，可对他来说，我或许只是他众多姑娘中的一个。

"金，你想去看电影吗？"我问他。

"我去不了。"

"为什么？你需要老待在家里学习吗？"我对他的回答很是失望。

"不是，我要去会个朋友。"

他总是守着我的面见别的姑娘，他根本不把这当回事。对他来说，我只是他的一个女朋友。

"爱"这个词只从我嘴里说出。自从我认识他，我就从没听他对我说过"我爱你"。

我们从未有过纪念日。从我们认识的第一天，他就没有说过爱我的话，我们就这样一直持续了100天……200天……

每天我们见面时，他只是送我一个玩具娃娃，天天如此，从未间断。我不知道这是为什么。

直到有一天……

我：嗯，金，我……

金：什么？不要这么吞吞吐吐的，有什么尽管说。

我：我爱你。

金：……你……哦，快带上这个玩具娃娃回家吧。

他把玩具娃娃递给我，还是没说"我爱你"那三个字。把娃娃递给我，他就跑开了。

我把每天从他那收到的娃娃一个一个地摆在我的房间里。房间里已经有很多很多他送的娃娃。

终于有一天，我15岁生日到了。当我早晨醒来，我构想了一个与他在一起的派对。我待在我的房间里，等待着他的电话。可午饭时间过了，晚饭时间也过了，天都要黑了，他也没来电话。我都懒得再去看电话了。到了凌晨两点，他突然打来电话，把我从睡梦中惊醒。他让我出来。尽管这么晚了，可我还是很兴奋，高兴地跑了出去。

我：金……

金：拿上这个……

他再次送我一个玩具娃娃。

我：这是什么意思？

金：我昨天没有送你，所以现在送给你。我要回家了，再见！

我：等，等一下！你知道今天是什么日子吗？

金：今天？是什么日子呢？

我感到很失望，我以为他会记得我的生日。

他就像什么也没发生似的转身走了。

这时我喊叫道："等一等！"

金：你有什么话要说吗？

我：告诉我，告诉我你爱我吗？

金：什么？

我：告诉我。

我委屈地一下将他使劲抱住。可他只是说了句简单的冷语就离开了。"我是不会轻易说出我爱谁的，如果你确实想听，那就去找别人吧。"这就是他说的，说完，他就跑开了。

我的腿失去知觉，一下倒在地上。他不想轻易说出他的爱……他怎么会是这样……或许他不是我要选择的男朋友。

那天之后，我一直待在家里哭啊哭。尽管我在等他的电话，可他一直没有打。他继续每天早上都从门外递给我一个玩具娃娃。于是，我的房间里到处都是他送的玩具娃娃。

一个月之后，我偶然在街上发现他与另一个姑娘在一起，我很是伤心。当他的手抚摸一个玩具娃娃时，脸上还露着笑容。可他却从未这样向我笑过。

我一下跑回家，看着房间里的玩具娃娃，眼泪禁不住流了下来。

他为什么送我这些？或许这些娃娃都是其他姑娘为他挑选的。一气之下，我把娃娃在房间里到处乱扔。

突然，电话响起。是他来的电话。他让我到外面的公交车站来一下。我极力让自己镇静下来，朝车站走去。我不停地告诫自己忘记他，该与他结束了。

这时他出现在我的视线中，只见他手里拿着一个大大的娃娃。

金：娇，我以为你生气了，你真来了？

我恨死他了，可我装作什么也没发生，并与他开玩笑。

很快，他像往常一样把娃娃递给我。

我：我不需要。

金：什么？为什么？

我从他手里夺过娃娃，扔到路上。

我：我不需要娃娃，我再也不需要了！我再也不想看到像你这样的人了！

我一下把心里要说的话都说了出来。但今天不像往常，他的眼神看上去很疲倦。

"很对不起。"他用很小的声音道歉说。说完，他就去捡路上的娃娃。

"你这个愚蠢的家伙！为什么还去捡？！我不要娃娃！！！"

可他没有听我的，执意去捡娃娃。就在这时，一辆大卡车隆隆朝他开来。

"金！躲开！快躲开！"我对他喊道。

可他没有听到我的喊叫，蹲下身子就去捡娃娃。

"金，快躲开！"

嘀嘀！嘀嘀！！！

只听"嘭"的一声，这声音实在太可怕了。他一下离我而去。他甚至没有睁眼与我说一句话就这样走了。

那天之后，我每天都负罪沉浸在失去他的悲痛之中。就这样像疯子一样度过两个月之后，我拿出那些娃娃。这是自从我们开始交往以来他留给我的唯一礼物。

我想起我与他度过的日子，开始数起我们恋爱的天数。"一……二……三……"

我开始数起娃娃。"484……485……"一共485个娃娃。

这时我手里抱着娃娃又哭了起来。我紧紧一抱，突然我听到"我爱你！我爱你！！"

这声音，吓得我把娃娃扔到地上。

"我……爱……你？"

我捡起娃娃，按了按它的肚子。

"我爱你！我爱你！"

不可能！简直不可能！！

我用手按了下每个娃娃的肚子。

"我爱你！"

"我爱你！"

"我爱你！"

这声音不停地发出。

我……爱你……

我怎么就不知道他的心始终与我在一起，他始终在我身边保护着我呢？我怎么就不知道他如此爱我呢？

我把床底下一个娃娃拿出来，按了一下它的肚子，这是他最后送我的那个娃娃，也就是那个被我扔到路边的娃娃，上面还有他的血迹。娃娃发出我最想听到的声音。

"娇，你知道今天是什么日子吗？我们已经相爱486天了。你知道486意味着什么？我没能说'我爱你'……嗯……因为我太腼腆了……如果你原谅我，接受这个娃娃，我将每天对你说'我爱你'，直到我死去的那一天。娇……我真的好爱你……"

我的眼泪顿时涌了出来。为什么？为什么？我问上帝，为什么我只有现在才知道这一切？

尽管他不能守在我身边，可他却爱我直到他生命的最后一分钟……

为了他对我的爱，我要勇敢地活下去，而且要活出精彩！

来生与你共牵手

雷努卡·帕蒂尔到威尔逊学院报到的第一天，正好赶上季风雨下个不停。

她一只手打着伞，一只手小心翼翼地抱着一摞新书。刚走进宿舍楼走廊，书就散落到地上。

一个高个男生看到后，赶紧跑过来帮她把散落的书捡起来，有的书都被雨水弄湿了。

"太感谢你了。"女生说，"我叫雷努卡·帕蒂尔。"

"我叫T.文卡特什瓦尔，"男生说，"但每个人都叫我T.V，如果你乐意，你也可以这样叫我。"

自从那一刻起，友谊的种子便慢慢开始在他们中间生根、发芽、开花。他们一起上课，一起共进午餐。他们有很多共同爱好，都喜欢同样的电影，也都喜欢艺术和大自然。

但他们谈话从不涉及爱情。T.V有时想张嘴表达一些什么，但雷努卡好像能读懂他的心思，总是马上转换话题。

T.V很快得知雷努卡属于里瓦·帕蒂尔种姓。按照该种姓几百年的传统，她只能与同一种姓的男子结婚。对于这一传统，雷努卡从小就知道。

T.V对此也比谁都清楚。这对T.V是件很伤心的事。

大学最后一年，班里在鲍里夫利国家公园举行了一次野餐会。这将是他们的最后一次聚会，因为一个月之后，雷努卡就将结婚出嫁了。

两人结伴在公园里散步，他们一边走一边聊，直到有人宣布野餐开始。

"你先走，"T.V说，"我待会儿就去。"

可直到野餐结束，也没见T.V回来。雷努卡前去找他。远处，她发现T.V跪在一棵小木兰树干前，不知在干什么。

看到雷努卡走来，T.V赶紧用手捂住树干，像是要隐藏什么。

雷努卡笑着把T.V的手从树干上拿开。原来T.V正在用他的折叠小刀在树干上刻一颗心脏图案，图案宽约几英寸，中间刻有一条锯齿状的线，将心脏分成两瓣，两边分别刻着他的名字T.V。

雷努卡收起自己的笑脸，眼泪模糊了她的眼睛。这是他们的最后一次见面。

几年过去了。

雷努卡婚姻非常幸福，并生了一对双胞胎女儿。丈夫很持家，而且是个宽宏大量的男人。丈夫全身心倾注于家庭生意，她则在家照顾两个孩子。

T.V后来参军，由于表现勇敢，他多次立功。他似乎从不知道害怕。他的战友经常说他好像有死的愿望。一次，就在克什米尔执行一项任务时，T.V的吉普车不幸被一遥控爆炸装置炸毁，他当场牺牲。雷努卡从报纸上得知这一消息后，心里非常难过，可她只能把悲痛藏在心里。

T.V牺牲一年之后，雷努卡娘家一大家族也在鲍里夫利国家公园搞了一次野餐。就在日落要回家时，雷努卡脑海突然想起当年她与T.V在公园的情景。于是，她独自一人来到20年前T.V刻有心脏图案的那棵木兰树前。

当年的木兰树已经长成至少30英尺高的大树，上面开满了粉红色的花朵。就在与她齐肩高的树干上，一个疤痕清楚可现。她开始清理疤痕，她先除去树皮边缘，然后再擦拭青苔。

就在她做这些时，粉红色的木兰花开始向她掉落，掉落的花朵不是一朵两朵，而是好几十朵。真是奇怪，她想，因为一点风都没有。

她终于清理完树干上的疤痕，露出T.V当年刻下的那颗破碎的心，尽管20年过去了，可图案仍清晰可现。

过去所有的回忆一下涌现在她的脑海。她的心好像在膨胀。她轻轻地将手掌放在她的心脏上。

就在她这样做时，突然一阵微风围着树干吹起，她感到有一只熟悉的手从背后在她心脏上捂了几秒。

"来生一定与你共牵手。"雷努卡深情地自言自语道。

说完，那只手轻轻地从她的背上拿开，微风也随着太阳下落而渐渐停止。

酒吧邂逅

下班后，我像往常一样来到我常去的一家酒吧。正当在悠闲地啜饮着威士忌时，酒吧的门突然被一阵风吹开。在座的所有顾客都一下子从各自的座位上站了起来，好像有什么不祥要发生。酒吧主管走过去要把门关上时，一个人走了进来。

进到酒吧的是一位老人，他摇摇晃晃的样子，好像已经喝醉酒。他身体靠在酒吧的墙上，要了一瓶当地产的白酒，提着来到角落里的一张桌子前，坐在那里自斟自饮起来。

我说不清他哪里引起了我的注意，我一直仔细地看着他喝完酒离去。我向酒吧主管打听老人的情况，可他耸了耸肩，好像是说："谁关心这个？"

第二天，我在回家的路上，又进到那家酒吧。发现我昨天见到的那位老人已经坐在角落里。我对这位老人特别好奇，很想知道他的身世。于是，我端起酒杯，走过去坐到他那张桌子跟前。他迟钝地朝我看了看，然后将目光移开，好像对我坐到这里并不介意。

"对不起，"我说，"我可以和您坐在一起吗？"

他咕哝了一句，我没听清是行还是不行。我坐下后说："原谅我的好奇，我是这里的常客，可我以前从来没见过您。"

"怎么？"他无礼地问道，"我还需要向你登记怎么着？"

我什么也没说。我刚要起身，他一只手按住我的手，不让我走。"对不起，"他说，"我并不想无礼，你想听听我的身世吗？"

"我感到非常荣幸，先生。"

"哈哈！你的确荣幸。好吧，听着，但我必须提醒你，这是一个不好的故事。"他停下，啜了一口酒。

"我曾经有一位可爱的妻子，名叫桑盖伊·蒂玛。我们幸福地在一起生活了7年，我们彼此都热烈地爱着对方。婚后没几年，我们就有了第一个孩子——我们的女儿。又过了几年，我们又得到一个儿子。"

看我惊奇的表情，他大笑着说："我的故事开头很愉快，但结尾却很悲惨。一天，我遇到一个名叫皮姆·蒂姆的姑娘，她妩媚靓丽，楚楚动人。她就像酒精注入了我的大脑，让我神魂颠倒。我对她爱得痴迷，以至于忘记自己已是两个孩子的爸爸。我们爱得狂热，彼此难舍难分。我妻子很快知道了我的事情。妻子眼含泪水伤心地对我说：'和你幸福生活了这么多年，原来你对我这样不忠。'

"她离我而去。她很骄傲，她有自己的尊严。我眼看着她带着我的女儿和儿子走了。当时，我很想阻止她，但我太爱皮姆·蒂姆了，于是就让她走了。从此，桑盖伊·蒂玛从我的生活中消失了。我不知道她到底去了哪里。"

"哦，"我待在那里很长时间才又问道，"后来您与您的新女朋友结婚了吗？"

他苦笑着说："桑盖伊·蒂玛出走不到一个星期，皮姆·蒂姆又找到一个新的情人，她便舍我而去。我不但没有娶到她，连情人都不是了。"

"您的第一个妻子桑盖伊·蒂玛去了哪里，您设法找过她吗？"

"找过，但没有太尽心，我感到有罪。"

"哦，亲爱的老人，"我说，"桑盖伊·蒂玛就是我的妈妈，我是您的儿子利新。我姐姐——您的第一个孩子正在英国学习。我现在是一家私人建筑公司的一名工程师。妈妈还好——她没有再婚，含辛茹苦地独自把我们抚养长大，我们都很有出息。"

老人听了简直感到无地自容，只是一个劲地喝酒。

护花英雄

拥挤的公交车缓慢地行驶在印度老德里拥挤的街道上。他是在上完实验课之后从大学回家的，炎热的夏日下午，车上犹如蒸笼。他希望能早点到家。

就在他探身挤向车上稍空的地方时，他的目光落在一个年轻女大学生的脸上。只见姑娘穿着简单，一只拿着书的手本能地放在胸前护着胸部，另一只手抓着头顶的抓手。他看得出她是第一次来到这座城市，她的穿着和特征都显示，她可能是刚从某个小镇来到这座城市学习的。但引起他注意的并不是姑娘的美丽和她不自在的表情，而是她额头上的汗珠和她脸上的不悦。就在他向车子的前部挤去时，他仍在关注着姑娘脸上的表情。只见她不安地不时挪动着，并听到她生气地让站在她左边的一位男士把身子站直了。站在她身边的是一位中年男子，皮肤黝黑，大腹便便。这位男士稍微动了一下，但很快又恢复原来的姿势。看到说也无用，姑娘便主动向右移动了一下，脸上现出稍微放松的表情。看到姑娘的尴尬局面有了改变，他才将自己的目光从姑娘脸上移开。又热又拥挤的车上，一切似乎又恢复正常。

就在车子中部姑娘所在位置稍后一点的地方，他找到一个稍微松缓的地方。车上挤得水泄不通，座位中间的过道上也都站满了人，站在座位边上的人很不舒服地倚靠在座位上的乘客边上，站在过道中间的人正好占满过道的空间。在如此拥挤的车上，乘客不方便把眼光只是看向某个人，只好不时转换方向。当他的目光再次转向那位姑娘时，他惊愕地发现姑娘的脸上又现出生气的表情。只见她被挤在两个男人中间，看上去很不舒服。不知怎的，在这种情况下，他觉得他有责任去帮助这位姑娘。他对这座城市的一切已经很熟悉，而姑娘显然是新来的。他小心翼翼地拨开人群朝姑娘挤去。

感觉有人在挤，姑娘回头看了看，然后轻轻往前靠了靠，以便给他让路。可他并没有再往前挤，而是站在了姑娘身后。

她很不高兴地回头看了看他，可当她的目光与深情看着她的目光相遇时，她赶紧将头回了过去。不知怎的，她感觉这个年轻人是"安全的"。只见他的两只胳膊慢慢抬起，抓住头顶的抓手，将站在姑娘身边的两个男人挤开。只听两个男人嘴里咕哝着什么，很不情愿地让了让。通常情况下，看到这样的举动，姑娘会不高兴，然而，她却感到了安全，她几乎被他抓着抓手的两只胳膊保护了起来。他慢慢地将自己调整到舒服的位置，直到她娇小的身体几乎扑入他的怀里。她身边的两个男人离她远点之后，她紧张的心情才放松了下来。看到姑娘身边的两个男人都被他挤开，他脸上情不自禁地露出了笑容。

此刻，姑娘感觉舒服多了，尽管她身后的年轻小伙仍像刚才站在她身边的两个男人那样紧贴着她，可小伙子并没有有意挤她。他的两只胳膊显然是在从两边保护着她，她喜欢他的存在。他挺括的白衬衣袖子挽到肘部，她感觉他衬衣上的味道很美妙。他的腰带搭扣会不时碰到她的背，但她能辨别出小伙在保护着她，而不是想占她的便宜。她的头几乎就要顶着他的下颌，她一动，就更让她感觉到像是偎依在情人的怀抱中。她为自己的感觉感到脸红，几分钟之前的所有烦恼都不在了。

　　很快，一个座位空了出来。年轻人确信这个座位应该由她来坐，因为座位上标着"妇幼专座"，于是他极力阻止想占有这一座位的其他男人。小伙稳稳地站在她身边，仍然与她保持着近距离接触，但显然与极力往她身上挤、想占她便宜的其他男人不一样。现在她脸上的汗珠已经消失了。

　　汽车在一个车站停下，站在她身边的小伙挪动了一下。她抬头看了看，发现他在看着她。毫无疑问，他是在无声地向她告别。他拨开人群向车门挤去。下车后，小伙并没有马上离去，而是站在那里。当车开动时，他从车窗外深情地看着她，并朝她笑了笑。不知怎的，此刻她忘记了对陌生人天生的条件反射，她的脸上也露出了笑容。她高兴地朝陌生小伙笑了笑，因为她有理由感谢他。

　　姑娘羞涩而开心的笑，让小伙在那天剩下的时间里很是开心。而小伙衬衣的味道和他用胳膊保护着她的感觉，也一直像玫瑰花一样开放在姑娘的脸上。她知道，她不可能再见到这位陌生的小伙，可她将永远不会忘记保护她的这位公交车上的"英雄"。

第二次蜜月

　　一个寒冷的冬天一大早，我独自站在梅杜巴莱耶姆火车站荒凉的岛式站台上，看着远处笼罩在雾气中的蓝山山峰。

这里的一切与我最后一次前往奥蒂路过时几乎没有什么变化。时光虽然已经过去快30年，可这里的一切与30年前似乎没有什么两样——时间犹如冻结了似的。

可我的生活却发生了天翻地覆的变化。那时我还是一个充满朦胧热情的年轻新娘，在我英俊丈夫的陪伴下，热切地憧憬着乘坐山区火车前往奥蒂欢度蜜月的浪漫之旅。

可当年让我感到莫大兴奋的地方，现在却让我感到如此失望。奇怪，但却是真实的。我在极力回忆当年的情景。在处于悲惨境遇时想起曾经度过的美好时光，会令我更加痛苦。

我看了看手表。此刻是早上7:30。

火车准时到站。小小的蓝色火车由嘶嘶的蒸汽发动机驱动着缓缓驶入站台。

空气同样那么凉，同样是2月的早上，同样是2月14日情人节这一天。可当年，我感受到的是丈夫拥抱着我充满爱的温暖。现在我感觉到的却是寒冷刺骨的凄凉。

我从站台上缓慢地朝山区火车走去——那时人们称行驶在那条山区线上的火车为蓝色山列——现在叫什么我不知道。

在害怕、担忧和恐惧中，我在经历着一种莫名的不安。我有一种不祥的预感和无助的感觉——我不知道等待着我的新生活会是什么样子。

我独自坐在车前部的一等车厢里，等待火车启动。火车将把我拉到一个一去就不再回的地方。

我希望这一切都是一场梦。可我知道这不是梦。

就在我无助地遐想时，阿维纳什突然进到我所在的车厢里。我们都不相信地看着对方。时间像是凝固了似的。

沉默，奇怪的沉默，直到阿维纳什打破沉默："茹帕！你怎么到这里来了？"

我没有回答。因为我无法回答。我惊讶得说不出话来。情感痛苦一下让我失声。

我无望地看着阿维纳什，在一个人处在痛苦之时，没有什么比想起幸福时光更痛苦的了。

"当你动情时，你看上去很美。"阿维纳什说着，在我对面坐下。

在感情处于脆弱的状态下，我知道如果继续与阿维纳什坐下去，我会崩溃的。

我想下车跑开，可火车突然启动。于是，我决定勇敢面对。我问阿维纳什："你是从晨奈来的吗？"

"是的，"他回答道，"我去那里办了点事。"

"你住在奥蒂？"我忐忑不安地问道，因为我不想以后老遇到阿维纳什。我不想让他知道我当年没有嫁给他，是我犯下的多大错误。为了追求"更好"的生活，我不应该抛弃他而做出错误的选择。

"我住在科特吉里附近。"阿维纳什说。

"科特吉里？"我释然地问道。

"是的，我在那里拥有一座茶园。"

"你拥有一座茶园？"

"是的，我是一个茶农。"

我现在对30年前所犯的错误后悔不已，我当年怎么就会做出那样的错误选择呢！

"你的家人——妻子、孩子也都在那里吗？"我好奇地探求道。

"我没有成家，"他简单地回答说，"我没有家，我仍独自一人生活，我是坚定的单身汉。"

"哦，阿维纳什，你应该成家，为什么没有成家呢？"

"真奇怪，你还问我为什么。"他说。

"噢，天哪！是因为我？"

阿维纳什突然改变话题说："我要在科诺尔下车了，我的吉普车在那里接我。"

他停了会儿问我："你在哪里下车，茹帕？是去奥蒂吗？这么大冷的冬天，你要去那里冻死呀？"

"不，"我说，"我要去科提。"

"科提？"他惊奇而嘲弄地问道。

"是的，去科提有什么不好？"我反问道。

"在科提你只有两个地方可去——寄宿学校和养老院。可寄宿学校12月已经放假关门。"阿维纳什看着窗外若无其事地说。

我什么也没说，因为我无法说。我只能默默地听他说。

"当然除非你在那里拥有一座别墅！"他讥讽地转向我再次嘲笑地说。

真相已经大白，我已经无法隐瞒。我简直无法描述我与阿维纳什坐在一起的羞辱感。

我该把实情告诉他吗？

小小的包厢里就我们两个。

由于火车开始爬山，山上的凉风吹进包厢，阿维纳什赶紧把车窗关上。

小小的包厢一下成了我们两人的私密空间。

我想起了与阿维纳什度过的美好时刻。

一个女人的初恋总是在她心里留下不可磨灭的位置。

"如果我有什么地方伤害到你，请你原谅。"阿维纳什说。

我们就这样一路聊着。

阿维纳什很好说话，我惊奇我的话是如何费力地说出来的。

我告诉了他我的一切。是的，我告诉了他一切——我生活的全部故事。我28岁守寡。52岁被我唯一的儿子抛弃，被驱逐到一座养老院。这样"他们"就可以卖掉我们的房子，移居国外。"他们"就是我所溺爱的相依为命的唯一儿子和他富于心计的妻子。

"我现在什么都没有了，"我难以自制地哭着说，"阿维纳什，我现在是一无所有。"

"不，茹帕，"阿维纳什说，"你没有失去一切，你得到了我，我得到了你。我们得到了彼此。"

阿维纳什将我拥入他的怀里，我又体验到了30年前第一次浪漫之旅的感觉，当年我与丈夫也是乘坐这同样的山区火车，到这里度蜜月的。此刻，我的感觉就像当年度蜜月一样，我感受到了同样的热情、同样的温暖、同样的美好和同样的爱。

我叫布莱恩·安德森

一天，一位年轻男子看到一位老太太束手无策地滞留在路边。即使在昏暗的路灯下，他也能看得出老太太需要帮助。他在她的奔驰车前停下自己的庞蒂克破车，下车来到老太太身边。

即使他脸上带着微笑，老太太还是非常担心，因为在过去的一个多小时，没有人停下车帮助她。他会伤害她吗？他一副又穷又饿的样子，看上去很不安全。

男子可以看出，站在寒冷中的老太太很是害怕。他知道她的感受。在如此寒冷的夜晚，害怕是必然的。

他说："我来帮助您，夫人。天这么冷，您为什么不在车里等着？我叫布莱恩·安德森。"

原来，老太太的车只是爆胎了，但对一个老太太来说，却让她很作难。布莱恩爬进她的车下，想寻找一个放千斤顶的地方。由于车下空间太小，他的手指都擦破了皮，衣服也弄脏了。

就在他在为轮胎上紧螺帽时，老太太把车窗摇下，开始与他说话。她告诉他，她来自圣路易斯，只是路过这里。对他的帮助，她不知道该如何感谢。

布莱恩笑着为她盖上后备厢。她问他该付给他多少钱。对她来说多少钱都没问题，她已经做好了最坏的打算。可布莱恩从未想到要钱，因为这不是他的工作。这是帮人解难，怎么能要钱呢！再说，他在生活中，曾经得到过很多人的帮助。他一向助人为乐，从不求回报。

他告诉老太太，如果她真想报答他，那下次当她遇到有人需要帮助时，就伸出援助之手，助人一臂之力。布莱恩补充道："想着我就行。"

男子一直等着老太太把车子发动着，并看着她开车离去。那是一个寒冷而压抑的日子，但他却感到很开心。他发动起自己的庞蒂克破车，消失在回家的暮色中。

沿路开出几英里之后，老太太看到一家小餐馆。她在餐馆门前把车停下，走进去想吃点东西，准备等身子暖和后再继续往家赶路。

这是一家看上去不太卫生的餐馆。看到老太太坐定之后，女服务员面带微笑来到她身边，并忙递上一条干净的毛巾，让她擦擦脸和头发。老太太发现服务员肚子鼓鼓的，看样子大概已经有8个月的身孕，可她从未因劳累和身体不适而改变自己的态度。老太太在想，有人拥有的很少，却对一个陌生人乐善好施。这时，她想起了布莱恩。

吃完饭，老太太给了服务员一张100美元的票子。服务员赶紧去给她找零，可老太太却走出了餐馆。当服务员拿着零钱回来时，老太太已经不在了。服务员纳闷，她会去哪里了呢？这时，她发现老太太用餐的桌子上放着一张写有字的餐巾纸。

当服务员看完餐巾纸上的留言，眼里不禁盈满了泪水。餐巾纸上这样写着："你不欠我任何东西，我在用别人帮助我的方式帮助你，你若真想回报我，那就不要让这条爱心线在你这里终结。"

餐巾纸下面还放着4张100美元的票子。

当服务员忙绿了一天，夜里很晚回到家爬上床时，她仍在想着老太太的钱和她写在餐巾纸上的那几句话。老太太是怎么知道她和她丈夫需要这笔钱的呢？随着孩子下月就要降生，他们的日子将会越来越紧张……

她知道丈夫一直在为此担心。看到丈夫在她身边熟睡的样子，她轻轻地吻了一下丈夫的脸，并轻轻地在他耳边说："一切都会好的，我爱你，布莱恩·安德森。"

日出时的相会

日出在东海岸是一道特别的景色。我站在孟加拉湾的一个叫多尔芬角的突出部观看从地平线上升起的第一抹朝霞。就在东边的天际像一朵巨大的深红色花朵的花瓣开始绽放时，我想起了10年前在这里遇到的一个姑娘——清晰的回忆并未因为时间已过去多年而淡化。

那时我还是个年轻的单身汉，维扎格当时还很落后。每个周日的早上，我都在黎明前起床，来到多尔芬角观看太阳从海上升起的美丽景观。

看到太阳升起之后，我通常沿着陡峭的山路走向岩石很多的海滩游会儿泳。我每次都看到远处一个围墙围着的院落里熙熙攘攘，很是热闹，尽管我对此很好奇，但从没过去看过。一天，我决定走近看看那里到底是干什么的。

原来这里是一个鱼市，来这里的顾客大都是居住在附近的家庭主妇。她们衣着邋遢，毫不修饰，甚至脸不洗头不梳，与前一天晚上在俱乐部看到她们精心化妆过的形象形成鲜明对比。

就在我非常沮丧地要离开时，我见到了她，于是我停下脚步。她是一个真正的美女——高挑、白皙，看上去精神焕发，一头光泽的秀发披肩而下，一双会说话的大眼睛和美丽的容貌在早晨的阳光下更显妩媚。我难以描述她给我的感觉，这是我有生以来第一次心动，我知道这就是爱。

但我从心里知道，我是不可能拥有她的，因为她脖子上有一条串珠项链，证明她已经结婚成家，而且婚姻可能还很幸福。然而，我还是走近她，无话找话建议她买点鱼。她温柔地朝我笑了笑，我帮她从卖鱼的地摊上挑了几条鲳鱼递给她。我借机触碰到她柔软白皙的手，浑身感觉就像触了电似的。她用一双忽闪忽闪的大眼睛向我告别，轻快地离去。

我也买了两条鲳鱼，然后非常高兴地跟在她后面离开鱼市。那天早餐我吃的就是油炸鲳鱼。不用说，鲳鱼的味道很美。

每个周日的早上，我都到鱼市去转。她从未错过与我的相会——同样的地点，同样的时间，每次都是准确的7点，但我们从没有说过一句话。我太羞怯，或许她就希望这样保持下去——一种美丽的精神关系——如此微妙的爱，一个错误的举动就会毁掉一切。

与此同时，我喜欢上了油炸鲳鱼——这有点不可思议，因为我以前从不吃鱼。

后来，我离开维扎格，到世界各地周游，在具有异国情调的很多地方，我遇到过无数漂亮姑娘，可我却怎么也忘不下她。在一个男人的心里，初恋总是留有永久的位置。

10年之后，我又回到维扎格。当我走在通往海滩的斜坡上时，我脑海里仍然可以清晰地浮现出她美丽的样子——她温柔的笑和她会说话的眼睛——尽管已经过去10年，我仍然难以控制自己内心的激动和期待。我很想能够再见到她，这是一个绝望的希望，但我却对能够再次看到她充满着乐观。

当我来到海滩时，我发现太阳已经清楚地出了地平线。我看了看手表，差不多7点。我加快脚步朝鱼市走去，实际上我几乎跑了起来。来到鱼市，在昔日我们曾经在日出时相会的地方站下。

我怀着激动而期待的心情，四下搜寻着。一切都没有变化，场面还是与10年前我离开时一模一样，但只有一样不在——她不在那里。我失望，我沮丧，脑子一片空白。就在我茫然若失地站在那里时，我突然感到了那熟悉的触电。我立马回到现实，只见她手里提着两条鲳鱼正在朝我走来。

我非常高兴看到她，那一刻，我的心就要跳了出来，终于没有让我失望。我激动地浑身打量着她，随着年龄的增长，她越来越漂亮了。但她的某些地方还是有变化，对，是她的眼睛，她那双大大的黑眼睛再也不像以前那样忽闪忽闪。当她无言地向我告别时，那双明亮的黑眼睛里像有点悲伤和辛酸。我被这突然的相遇搞蒙了，我就像一座雕塑一动不动毫无反应地站在那里。

就在她离去时，我发现她修长的脖子上没有了串珠项链。

第三辑

智者隐居之旅

一把祖父留下的小提琴

　　拉斯汤姆·巴姆吉老先生尽管已经70多岁，可他看上去根本不像他的年龄。

　　他大部分时间生活在伦敦，只是每两年回印度孟买一次，每次他都要在那里待上个把月。

　　拉斯汤姆就像他的父亲和祖父，是一个真正的古董行家。

　　每当他来到孟买，他都会到以前那些富有人家走家串户。遇有古董，他会以公平的价格买下，从不与人家讨价还价。

　　由于2008年和2009年的经济衰退，他的股票一落千丈，他的财富随之大大缩水。

　　一天，他应约来到费罗米纳·弗塞卡夫人家。她家在孟买班德拉地区曾经是最富有的，但财富却被她家的男人们挥霍殆尽，什么也没给她留下，她只有靠教堂施舍为生。

　　费罗米纳夫人打开门欢迎拉斯汤姆。她脸上特意化了妆，眼睛里充满了希望。

　　"我所有的古董都没有了，我几个儿子都把它们卖了，只给我留下了旧家具，"她说，"请进来看看，这些家具还是蛮漂亮的。"

　　拉斯汤姆进到她家，可他对家具并不感兴趣。他在寻找一幅18世纪的欧洲画，可她没有。

就在他要离开时，费罗米纳夫人说："等，请等一下。我突然想起来了，我还有一把我祖父留下来的古老的小提琴。他可是他那个时代有名的小提琴演奏家。这把琴是他1910年从意大利的克雷莫纳买来的。"

拉斯汤姆对小提琴也不感兴趣，可费罗米纳夫人眼睛里现出的绝望表情，让他扯了个谎。

"我一直在为我孙子寻找一把小提琴。"他说，"你想多少钱出手？"

"两万卢比行吗？"

拉斯汤姆身上就带了两万多卢比，剩下的也就刚够他回程打出租车了。

费罗米纳夫人拿出一个被虫子蛀过的黑色琴盒。为了让她高兴，他示意她把琴盒打开看一看小提琴。看过之后，他就付钱把小提琴拿走了。

回到伦敦后，拉斯汤姆就把小提琴的事忘记了。可一次在听古典音乐时，他突然想起了他买回的那把小提琴。

他从壁橱里提出小提琴，打开琴盒，取出小提琴和琴弓。尽管他对小提琴一窍不通，可一看琴的成色，他就知道这是一把很不错的小提琴。

心血来潮，他带着小提琴来到一家经营乐器的著名商店。

店里的小提琴专家仔细察看了这把琴，然后将其放下，眼神惊愕不已。

回过神来之后，专家用疑惑的目光说："世界上最珍贵的小提琴是名叫阿马提、斯特拉迪瓦里和古厄尔涅里的小提琴，如果能够找到一把这样的小提琴，拍卖价格大都在100到200万英镑。你的这把斯特拉迪瓦里红色小提琴是极为罕见的稀世珍品，就我所知，这样的小提琴目前在世界上已所存无几。由塞缪尔·杰克逊领衔主演的一部电影专门讲的就是这种小提琴。我甚至不敢给你这把琴出价。"

拉斯汤姆非常高兴地回到家。他的经济再也不会成问题了，直到他离开这个世界都将是非常富有的。他拿出他最好的苏格兰威士忌准备庆贺一番。那天夜里，他整夜都在想这把小提琴和费罗米纳夫人。

他看着墙上挂着的早已逝去的父母的遗像，他心想，他们前世都做了什么呢？

一个月之后，费罗米纳夫人收到来自伦敦的一个邮件。她不想一个人独享邮件里的内容。于是，她激动地将邮件带到教堂，将其交给神父伊格纳修斯。伊格纳修斯神父打开邮件大声念道：

亲爱的费罗米纳·弗塞卡夫人：

您祖父留给您的那把小提琴是一把斯特拉迪瓦里琴，非常稀有。我冒昧地将小提琴拿到索思比拍卖会上，一个买主以110万英镑将其买走了，现将拍卖款支票寄给您。我不能昧着良心剥夺应该属于您的财产。希望您生活幸福愉快。

拉斯汤姆·巴姆吉

"我余生每天都将为您祈祷，愿上帝保佑您！"费罗米纳夫人听了信后大声说，"教父，您必须帮助我把这笔财富好好用在我们教会的数百名穷苦会众身上。"

拉斯汤姆回到伦敦后继续他以前的生活。他没有遗憾。但就在他71岁生日之前，他的经纪人激动地给他打来电话，可电话接通后很长时间他说不出话来。"拉斯汤姆，听着，你的好运来了！你的好运来了！你还记得你所拥有的50万英镑股份的那家股值几乎跌至零的金矿公司吗？你猜现在怎么样了？该公司在美国加利福尼亚州东部的内华达山脉发现了巨大的金矿层，其股值每股已经升至50英镑，而且还在稳步上升，你将成为伦敦最富有的人之一。"

拉斯汤姆抬头看着墙上挂着的父亲遗像，心里默默地在向父亲请教："您生前常常教育我们要积德行善，多做好事。请您告诉我，我该如何支配我这么多的钱财？"

觊觎

老人正在医院处于弥留之际。

除了我，每个人都希望他死去。我是唯一不希望他死的，因为他死了我就没有了任何依靠。

可他们希望他死，因为他们可以在他死后得到某些东西。

他们就像秃鹫围着猎物，在等待着他死去。一旦他咽下最后一口气，他们就可以猛扑下去，抢夺肉食。

我什么都不想要，我只想让我的老人健康地回到我的身边。我不敢想象一旦他死了，我会发生什么。

我看着所有"秃鹫"——都在急切地等待得到"馅饼"中他们应有的份额。这是一张巨大的馅饼，因为老人非常富有。他是一个靠自己努力获得成功的男人，通过40多年的海上航行，老人挣得丰厚的财富。

我不想分享"馅饼"中的任何一份，只是希望我的老人能继续活下去。老人是我在这个世上的唯一，没有他，我就没法活。我希望并祈祷这又是一次虚惊，就如以前很多次一样，我的老人将一如既往健康地回到我的身边。

我们都在他别墅里宽敞的长廊上等待着——老人最有价值的财产——

一座坐落于瓦卡德附近穆拉河岸院落很大的富丽堂皇的豪宅。

这片土地是老人30多年前用自己微薄的积蓄买下的，当时瓦卡德还是一个离浦那有一段距离的偏僻小村庄。老人就在穆拉河岸上盖起了这座漂亮的别墅。

老人喜欢接近大自然，在他从海上到岸上来度假时，他就在河里划船游玩。

如今，一切都发生巨变。瓦卡德如今已经是浦那市区的一个高档市场。由于它邻近辛杰瓦迪信息技术园区，瓦卡德已经成为最抢手的地方，很多年轻的技术人才都争先到这里来就业。

老人的别墅被称为停泊处。几年之前，这里还是一个宁静的地方，随着信息技术的迅速发展，这里的建设也开始突飞猛进，很快，老人的别墅便被一幢幢高层建筑所包围。过去几年，很多公司创办者、建筑商、他自己的亲朋好友的眼睛都盯上了这个地方。在他们看来，这可是一块宝地。

他们都试图以优惠的条件交换老人的这块宝地。他们提出可以向他提供浦那和孟买最好的房子。他们还说如果他想要钱，可以给他高额现金。他们甚至以含蓄的威胁和暗示来恫吓他。

但老人从不妥协让步，坚决拒绝出卖他的别墅。

只有我知道老人为什么不想卖他的别墅，只有我知道他为什么宁可孤独地待在这座别墅，也不愿搬到浦那的公寓里去享受舒适的生活。

有人认为他是一个精明的人。

他越是坚守，别墅的价格就越往上涨。几年之前，有人出价10万卢比，如今这座别墅却已经价值千万卢比，甚至几千万或上亿卢比。

这就是为什么"秃鹫"们都聚到了这里。谁都不想错过对这"馅饼"的分享。他们都希望能在即将崛起的这座城里至少得到一套房子或足够在任何地方买一套房子的钱。可能他们还想分享他的财富。

平时很少有人来别墅看望老人，可现在他躺在医院的病床上，却不知道从哪里出现了这么多亲戚和祝福者。

实际上，他们都是急忙赶到医院并拥进重病监护室的，他们都急切地等待老人去世的消息，但医生却把他们赶出了医院。

除了老人最好的朋友——一个交往甚久、被老人称为哈多克船长的同船水手，医生不允许任何人进入重病监护室并坐在老人身边。

他们只好都聚集在老人的别墅焦急地等待着"好"消息。

老人以前就曾病倒过多次，并被送往病重监护室好几次。可他给他们的都是假警报，这次他们都希望他永远离去。

突然，我看到哈多克船长的车进到门廊。他从车上下来，朝院里走去。

"有情况吗？"船长一进到院子，他们都急切地问道，希望能听到"好"消息。

"他的病情还是那样。"哈多克船长说。

"他们为什么不把呼吸机去掉？"从德里赶来的老人的儿子问道。

"你去医院问他们。"哈多克船长气愤地说。

"不要担心钱，你告诉他们不要担心钱了吗？"老人的儿子说。

"这不是你的钱，"哈多克船长对老人的儿子吼叫道，"医院的账单已经从老人辛苦挣来的钱中支付，我有花费钱的委托书，所以你不用担心。"

"不是这个。"来人的女儿插嘴说。她是从班加罗尔赶来的。

"确切地说，"哈多克船长坦率地对老人的女儿说，"你不想把钱用在对他的治疗上，因为那样你分得的钱财就会少了。"

老人的女儿还想说什么，可陪她从浦那一起来的丈夫给她打了个手势，让她保持沉默。他从他的同学重症监护医师那里得到信息，这一次再也不是假警报了，老人已经奄奄一息，现正处于弥留之际。

老人的女婿担心聪明狡猾的MBA大舅子会极力与他们算计，努力从老人的财产中分得最大份额。

老人的女婿知道妻子的哥哥很狡猾，欺骗头脑简单的妹妹他是毫不内疚的。

我看着老人的亲生子女。尽管他们的血管里流淌的都是他的血，可他们却希望他尽快死去。

我的血管里没有流淌着老人的血液，然而，我却希望他继续活下去。

远处站着一个贼眉鼠眼的男士。他是一个房地产开发商，极力想得到老人的财产。表面上，他好像是需要帮助时来施以援手的，可实际上是想确保他在现场，免得失去机会。他已经与老人的儿子谈过，老人儿子向他保证将说服妹妹，老人一去世，他们就谈判达成协议。

来来往往的还有很多其他"秃鹫"，他们都来看他们的"猎物"是否已死，免得失去他们该得的份额。还有无数小"秃鹫"在远处观望，他们的嘴随时都在准备啄食剩下的"肉"，谁也不想失去发财的机会。

一个"秃鹫"盯上了老人所收藏的酒——都是从世界各地精选的酒品，一个则看上老人书房里的珍稀书籍，一个却觊觎老人的古董轿车，一个则看中了老人价值连城的精美字画艺术收藏品，有的则看中了老人周游列国期间收集到的水晶灯、工艺品、古玩，有的甚至想要老人的古老家具。老人真是应有尽有，他们什么都想要。

除了我，他们都希望老人死去。

我不想要属于老人的任何东西，我只想要我的老人——我希望他活着。

突然，哈多克船长的手机响了。他把手机放在耳朵上听了一会儿，然后对手机说了句"是的"就将其放进了口袋。然后他严厉地看了一眼在场的每个人，点了下头，就朝自己的车走去。突然，他停下脚步，转头同情地看着我，像是在安慰我，然后他就钻进他的车开车而去。

我的心很沉重，我害怕最坏的事情发生。我心烦意乱，可除了等待和祈祷，我什么也做不了。我不可想象地痛苦。我宁可死去都不愿沦为孤儿。

我的老人没有死，他又健康地回到了家。这让所有他的"亲朋好友"都很失望。

我很高兴，我不想我的老人死，我希望他活着，因为我不是人，也不是"秃鹫"，我是一只狗。

严格的法律

吉班换好衣服，在下一站下车。他想，要是能得到医生的一个证明，那将会更安全。经过找寻，他在附近找到一家慈善医院，并秘密约见了主治医生。吉班发现该医生在这家医院资历非常深，他以前肯定也遇到过这样的情况。医生的头发已经灰白，他是不会同意给吉班出具证明的。实际上，吉班也没期望他会同意。他准备与医生讨价还价谈一谈。

医生说："如果你确实需要，我可以给你出具今天的证明，但出具过期的证明是有难处的。再说，我对你一点都不了解，我不知道你以前在哪里，也不知道你现在做什么。不要把出具证明想得那么简单。"但吉班是很执拗的，他必须得到一个昨天以前由T.C.帕尔医生为吉班昌德拉·昆杜治疗的过期证明。为此，他随时准备出任何数额的"酬金"。

"但那会很危险的，你知道。"医生说。

"我正处在非常危险之中，请一定行行好，我太需要一个假证明了。"吉班说。

讨价还价从10卢比最终讨到1000卢比，吉班同意出这个价钱，因为他从不缺钱。医生声音很大地清了清嗓子，开始用手指捻弄起他的胡子。吉班感觉到医生的态度有点松动。

"你身体有什么病吗？"

"两年之前，我得过阑尾炎。"

"那你做过手术了吗？"

"没有。"

"那我们现在就给你做吧。"

"还需要做吗？"

"当然需要，这对你是有好处的。"

"可我不需要手术，我需要的是证明。"

"你怎么不明白，我们做这种事情必须非常谨慎。你只要住院，我们就会把你入住医院以后的情况详细记录在案，这样我们就可以更改你的记录，当然手术将会在你的肚子上留下疤痕。"吉班没有明白医生的意思，医生不得不向他做出解释，"通过改变入院登记，我们可以说你是前天住进我们院的。这意味着我必须向我的助手和药剂师支付一定的费用，因为这事我是不可能一个人完成的。你一定要明白，这事是很危险的，因为法律是非常严格的。"

"这一切一共要花费我多少呢？"吉班问道。

"大概2000卢比。"医生回答说。

吉班想了想，他的生命比2000卢比可要珍贵多了。再说，通过讨价还价，他不仅治疗了阑尾炎，而且医生还可以给他出具一个充分的证明。

给吉班做手术的医生还是一个很好的外科医生，手术做得非常成功。住院期间，吉班受到医护人员的精心关照，伤口很快愈合。像这样精心的护理就是从自己最亲的人那里也很难得到。医生和药剂师都对他很好，他们乐意为他提供方便。吉班出生于富人家庭，家里有的是钱，可他却在哪里也得不到这么好的治疗。出院那天，吉班专门去医生家拜会了他。他受到医生亲切的欢迎，并给了他一个天衣无缝的证明。医生笑着对他说："我给你出具的这个证明，任何法律都不会抓住你。"吉班十分感谢医生为他想得如此周到。

"可现在我想知道事情的真相，你为什么花那么多钱去买一个假证明？你到底干了什么？"

吉班没有想到医生会这样问他。

"你为什么还犹豫，你现在应该放心地告诉我事情的真相。"

吉班仍在犹豫地回答说："我能相信你吗？"

"当然可以相信我。"

"我犯了谋杀罪。"

"不要告诉我是这事！你杀了谁？"

吉班知道被杀者的名字，可他没有告诉医生。刹那间，他想起了躺在血泊中的男人的那张脸。他想起纹在死者左胳膊上的名字"拉迈什"。

"可你为什么要杀掉他？"

吉班笑着回答说："是为了一个女人，他是我的竞争对手。"

"你在哪里杀害的他？"

"在火车上。"

这时，一个邮递员进到医生家，将一封信递给他。吉班起身，向医生道了声谢，将证明装进口袋，就离开了。

医生打开信封，开始读起里面的信。突然，他的脸变得很苍白。这是一封来自警察的信件，信上说，大约一个月以前，他们在火车车厢里发现了一具尸体。据验尸报告，死亡原因令人伤心。这不是一起自杀事件，而是他杀。死者左胳膊上纹着"拉迈什"。除此之外，没有任何东西可以辨认死者的归属。调查发现，这个叫拉迈什的人的职业是股票经纪人，住在加尔各答，据说是T.C.帕尔医生的大儿子。信中要求医生向警察确认这一事实的真实性，并提供进一步的相关信息，以协助警察逮捕凶手。

雇员莫罕提

"我觉得我们的现金好像少了一些。"我对妻子说。一段时间以来，我总感觉有些不对头。我是说我们钱箱里的现金好像总是见少。

"你怎么知道的？我们又不清楚我们钱箱里到底有多少钱。"妻子说。

"你想啊，珊蒂，我们做生意都这么多年了，我有直觉，肯定有问题。"

"你是不是怀疑莫罕提在偷我们的钱？不可能，几次事情证明他是诚实的。"

我不相信莫罕提会干这事，他是绝对不可能偷钱的，这小伙子的诚实是不容怀疑的。

可家里除了他，就我们老两口，要怀疑也只能是他，我们是不会偷自己的钱的。我知道我该做什么了。

"你可以到我这里来一下吗？"当莫罕提像往常一样要回家取午饭时，我叫住了他。

"有什么事吗？"

"我可以检查一下你的口袋和你的饭盒吗？"

这是15年前我们达成的协议，也就是我要想检查他，随时都可以，他不能拒绝。这在很多商店是惯常的做法。但在过去的10多年里，我一直很信任他，从未对他有过怀疑。所以从没有检查过他。今天我要破例了，可我担心要是我什么也发现不了，将会极大地伤害到他。

在他裤子的后兜里，我搜出了三张100卢比的票子。

"你怎么会偷钱？"我质问他。我歉意的态度一下变得生气。

"这是我的钱。"

"它们上面都被做了标记，你瞧这里，"我给他看了钱票上的特别标记，"你知道检查官拉尼，他今天早上在所有的钱票上都做了标记，然后我们把这些做过标记的票子又放回到钱箱里，为的就是对你做检查。我现在就把他叫来。"

他一下跪倒在我的脚下。

"求求您了，阿爸，对不起，我再也不会这么做了。看在我孩子和不能工作的妻子的分上，请您一定原谅我。我把您的钱都还回来……我向您保证，请不要将我送进监狱。"

我妻子听到莫罕提的话后从屋里出来，她像我一样吃惊。

"为什么会是莫罕提？为什么？我们对待你就像我们家庭中的一员，你却还偷我们？"说着，她眼里盈满了泪水。

"我们雇用你时，你还是个街头流浪儿，我们给了你我们所能给的最好的薪水。而你却这样报答我们……"

"我对不起您，阿妈。我的收入无法维持生计，我认识到了我的过错。"

"谁知道你从何时开始偷我们的，"我气得直打哆嗦，"像你这样的人应该关进监狱……"我开始拨打拉尼的电话。

莫罕提开始哭起来，很多人围了过来。

"放了他吧！"我妻子喊道，"不要送他进监狱。我待他就像亲生儿子，我不能把他送进监狱。"

有人抓住他的衣领。

妻子的话把我带回到现实。我们两口子待他像我们自己的儿子。要是我的儿子被抓住我会怎么想，我会让人打他或送他去监狱吗？

"不要管他了。"我喊道，"这是我们自己的事情，我们会自己解决的。不要动他。”

那天我没有叫警察。

“你走吧，不要让我再看到你。看在上帝的面上，千万不要再欺骗你的下一个雇主。”

这是我最后一次看到莫罕提。几年之后，我的妻子珊蒂就撒手人寰，离我而去。我们没有孩子，发现被我们视为自己儿子的莫罕提是个小偷之后，妻子很是失望，一下让她失去了生活下去的希望。

莫罕提的离去和妻子的去世，使我没有了任何帮助和支持，曾经生意兴隆的商店开始走下坡路，所赚的钱刚够维持我的生计，我的好日子再也没有了。

10年之后的一天，就在我的商店要打烊时，有人进到店里。从我的视力衰退的眼里，我可以判断出，来人的车是昂贵的。

“阿爸，还记得我吗？”

我凝视着来人的脸看了又看，是莫罕提！我的第一反应是高兴，我的儿子回来了！可我突然又想起了那个偷我钱的莫罕提。

“您还在生我的气吗，阿爸？”他呜咽地说，“您原谅我了吗？”

“我为何要原谅你？你做了你想做的事情。这么多年之后，你为什么又回来？”

“阿妈呢？”

“你离开两年后，她就去世了。你背叛了她的感情，她还有什么活下去的意义？”

“阿爸，我回来是想把我欠你们的还给你们，连同利息都还给你们。”

他给了我一个手提箱。我打开箱子，发现里面是一捆捆1000卢比的票子。我已经很久没有看到1000卢比的票子了，而箱子里却全是1000卢比的票子！

“我一张都不要，你把它拿走，我不想要你的不义之财。”

“不是不义之财，阿爸，是我辛勤赚来的。离开你们之后，我开始做生意，并获得成功。这都是我的血汗钱，我希望偿还我欠你们的债。”

“你给我说的是实话吗？这是你辛勤赚来的钱吗？还有那辆车？”

"是的，阿爸，我向您保证……请收下吧，我欠你们的。"

"不，你不欠我们任何钱，"我一边说，一边在椅子上坐下，"我没有发现你的才能，在我生意好的时候，我给你的薪水太少了，所以你不得不偷钱维持生计。凭你的才能，你应该得到更多的薪水。你的成功就是证明。如果我当年给你足够的薪水，你就会永远与我们在一起，珊蒂也会仍然幸福地与我们在一起。"

"不，阿爸，你们当年对我够慷慨的了。你们那天没有把我送进监狱，而是让我自由地离职，给人的印象是你们给我的薪水太少了。实际情况则是我偷盗了你们的钱，背叛了你们的信任。"

"你走吧，我已经原谅你了。我不需要你的钱，我能养活我自己……"

"阿爸……"

"怎么不听我的话？快走吧……"莫罕提的头低了下来。

他转身，迈着沉重的步伐，走出我的商店。我听到车子发动的声音，然后就听车子离开了。

我眼里充满了泪水，充满了懊悔的泪水。

智者隐居之旅

一位智者厌烦了尘世，决定前往深山里去过隐士生活。

在深山里，智者发现了一个隐蔽的洞穴。于是，他便在洞穴里住了下来，开始了他静坐冥想的生活，每天靠树林里的野生植物为生。

一天，智者发现他的长袍有很多窟窿，并发现他居住的洞里有很多老鼠。他猜想，一定是老鼠咬坏了他的长袍。

老鼠很快又咬起他的脚趾，让他无法静心坐禅。

他不知所措，前往城里去请教他的宗师。宗师听了他的诉说之后说："这很简单，养只猫就是了。"

"养只猫？"智者困惑地问。

"猫会为你看管老鼠。"宗师说。

于是，智者买了一只猫，带到他的洞穴。

猫看管着老鼠，从此，智者坐禅时再也不受干扰。

几天之后，猫把所有老鼠就吃光了。没有了老鼠，猫就没有了吃的，饿得开始直叫。

不停的猫叫，再次打扰了智者的坐禅，于是他再次前往请教他的宗师。

"养一头奶牛。"宗师建议他道。

"养一头奶牛？"智者惊讶地问。

"是的，奶牛产奶，你可以用牛奶喂养你的猫，使它再也不饿。"宗师说。

从此，智者要花时间为奶牛挤奶，还要喂养猫，然后才能坐下来静心坐禅。

几天之后，奶牛停止产奶，哞哞大叫。

猫也开始饿得喵喵直叫。饿猫和饿牛的叫声，再次打扰了智者的坐禅，于是，他又去找宗师寻求帮助。

"买些种子种在地里，精心关照庄稼，庄稼将满足奶牛和你的食用。"宗师说。

智者把种子种在地里，收获了足够的牛奶和他吃的粮食。

然而，现在他却要花很多时间关照他的庄稼，喂养奶牛和挤牛奶，还要给猫喂牛奶。几乎没有时间坐禅。

他再次去找他的宗师。宗师知道他还会来找他，早就准备好了答案："有一个年轻的单身少妇，可怜的她家里一贫如洗。她会为你关照一切，让你潜心坐禅。"

这的确是一个很好的安排。单身少妇关照着一切，喂养着奶牛和猫。智者坐禅时再也不受干扰。

一天，天下起了雪，气温降至零下。由于寒冷，少妇冻得浑身直打战。

很快，她就再也忍受不了寒冷。于是，她爬上智者的床，紧紧地拥抱着他，因为这是唯一能够让她暖和的方法。

谁能够抵御住一个风华正茂的美女的诱惑？

隐居的计划打破了，智者结束了他的独身生活。

带着他的所有——猫、奶牛和少妇，智者回到他的物质世界，再次走回原来的位置，开始过起他的世俗生活。

罪过

"哈利，"戈帕尔说，"你能教我学游泳吗？"

"当然可以！"哈利爽快地回答道。

"再有几天就是暑假了，那你就在暑假教我吧！"于是，两个小伙子就这样说定了。

戈帕尔花了一个星期学习游泳基础，他很乐意跟哈利学习游泳。过了几天之后，他告诉哈利，他不想老在浅水里游了："我想到水深的河段去游，我还想学学怎样潜泳。"

　　"戈帕尔，"哈利警告道，"要那样，你得学会怎样换气，你会吗？"

　　"只要你教给我怎么换气，我一定行的。到现在，我不是一直是个好学生吗？"

　　"没错，你学得很好，没什么可怕的，潜泳的方法和在水面上游泳完全一样，唯一不同的是要学会憋气！"

　　"那没问题。"戈帕尔回答道。

　　"一、二、三——开始！"随着哈利的一声令下，两人同时潜入水中。就在这时，一堵高高的水墙沿河而下。戈帕尔顿时从哈利视线中消失了。面对凶猛可怕的水流，哈利用尽全力，奋力游到岸边。爬上河岸，他浑身颤抖地站在那里，眼睛绝望地在波涛汹涌的水中搜寻着戈帕尔。突然，他想起最近收音机里播放过的一条消息：为了保证希拉库德水库的安全，水库将随时开闸放水。他突然吓得不能动弹。眼睛盯着打旋的水流，他想起了奶奶说过的一句话："即使你意外地导致某人死亡，也等于是你把他杀害了。"哈利吓得慌忙跑向火车站，跳上一辆刚刚启动的火车。他想逃脱干系。上车不久，疲倦的哈利就打起了瞌睡。

　　火车停下时已是深夜。邻座把哈利推醒，因为他在睡梦中老在喊叫。"怎么回事，孩子？你喊叫什么呢？"邻座问他，"你有什么东西吃吗？你已经睡了五个多小时了。"

　　"我实在太饿了，先生。"哈利含着泪说。邻座给了他几块烤饼。哈利在众目睽睽之下狼吞虎咽地很快把烤饼吃光。看着邻座疑惑的目光，哈利说："为了每天能吃上两顿饱饭，我正在到处寻找工作。"

　　"我在经营一家饭店，你愿意去我那里工作吗？"邻座主动问道。

　　"当然愿意，先生！"哈利巴不得地回答道。

　　哈利工作的地方是一家很大的海边饭店。这里除了卖饭，也卖酒水。

他白天睡觉，晚上工作，因为饭店一直营业到凌晨两三点才关门。

哈利和戈帕尔是好朋友，他从不想有什么不测发生在朋友身上。但在命运之神的手中，人们都是玩偶，他自己经常这样想。有时，他劝导自己是否该向戈帕尔的父亲彻底坦白自己的罪过。

时间很快就过去了半个月，哈利在饭店里一切平安无事。可要是有人认出他来怎么办？想到这些可能，他恐惧不已，吃不香寝不安。睡梦中，他甚至梦见警察残忍地打他，其中一个警察手里拿着棍棒向他走来，准备把他的眼睛弄瞎……哈利惊叫着一下从床上坐了起来，他浑身出虚汗。受惊的他四下看了看。

他的心慢慢从惊恐中平静下来之后，才再次躺下。

像这样的噩梦哈利做了很多。

他在饱受心灵折磨中深感内疚和痛苦。

在饭店里待了近两个月，哈利再也待不下去了。他向老板提出要回家看看。

于是，哈利登上开往家乡的火车。他决定到家之后什么也不做，先把戈帕尔的命运搞清楚。

下车后，他擦了擦脸上和手上的灰尘，并在头上缠了块头巾，便急忙朝戈帕尔家走去。到达朋友家时，天色已黑。他在门前停下，只见戈帕尔家的客厅里亮着灯光。透过窗子，哈利看到戈帕尔坐在客厅里正与他爸爸聊天呢。哈利不相信自己的眼睛，怕看错了。于是，他用手揉了揉眼睛，晃了晃脑袋，再次仔细看了看。没错！就是戈帕尔！戈帕尔身后的墙上，挂着一幅用花环装饰的男孩巨幅画像。哈利仔细地盯着画像看了很长时间。最后他发现，画像不是别人，正是他自己。

邻座

为了赶公共汽车，我一大早就醒来。我赶紧冲了个澡，便急忙到旅馆服务台结账。当我来到车站时，汽车正准备启程。我庆幸没有误车。我很小就失去了母亲，是父亲含辛茹苦把我抚养长大。为了我，父亲都没有考虑再婚之事。不久前，我收到父亲一封来信，说邻居给他介绍了一门亲事，并称很快就要结婚，希望我能出席他的婚礼。我这次回来，就是专门出席父亲第二次婚礼的。

我刚坐到车上，汽车就发动了。最后上来的是一位看上去非常文雅的女士，她在我身边的座位上坐下。谢天谢地！幸亏不是一个脏兮兮的男子，我想。

当汽车驶出车站时，一股浓浓的香水味直冲我的鼻孔。我知道这味道来自我身边的女士。我靠在座位上，瞥了一眼与我同座的这位满身香气的同伴。只见她用一块手帕捂着鼻子，看着印度平原缓缓从窗外掠过。

"你好！"我试图打破沉默。

她转过头来冷冷地看着我，一句话没说。

"看到我们是邻座，我想我应该自我介绍一下，我叫普泊·多尔吉。"

"你还是不要管别人的闲事吧！"她无礼的反应使得我们周围的一些乘客一下停止了说笑。

"对不起，"我接着说，"我并不想……"

"请不要打扰我，让我安静会儿好吗？"她大声打断道。很多乘客都把头转向这位看似文雅的女士。我窘得满脸通红，缩进座位，感到有点无地自容。

从奋错豪岭到琼格哈尔需要坐一天的车。此刻，我们才走了四分之一的路程。为了打发时间，我从口袋里掏出随身携带的一本古典小说，可看了没几眼就把书合上，因为车子太颠，没法看。于是，我开始哼唱起我最喜欢的歌曲。

我身边的女士转向我尖叫道："你能不唱吗？你会把我的耳鼓震坏的。"

我听了非常生气，可还是友善地朝她笑了笑。

我们在路上吃过午饭，然后回到车上各自的座位。我的邻座对我的举动不时说上一句"你能老老实实地坐着吗"或"你的喘气好难闻"，等等。

和这样一位不识趣的邻座坐在一起，我感到很不自在。我正想调换座位时，车突然停下。几名武装警察进到车里，开始检查乘客的身份证。他们来到一位妇女跟前，妇女说她的身份证忘记带了。尽管她哭着声称她确实是不丹人，警察还把她赶下了车。

在我身边的女士开始紧张起来。当警察向她走来时，她故作镇静，可脸色苍白，并不停地揉着手。

"你的护照，女士。"

"我……我……我……"

我猜到她肯定没有什么证件，于是赶紧插话说："她是我的妻子，这是我的身份证。"

他们看了看我的证件，便朝后排走去。只听我的邻座长舒了一口气。

警察将那位没有护照的妇女带走之后，我赶紧坐到她空出的座位上。我用眼睛余光扫了一眼邻座，只见她悔恨地看着我换位。

过了一会儿，我感到有什么东西砸在我的耳朵上。是不知从谁那里扔过来的一张叠着的纸条，上面写着："对不起，谢谢你。"我知道是我原来的邻座扔过来的。但我没有理睬她。她向我扔来更多的纸条，我都没有打开来看。

终于，我们抵达终点站。在车上颠簸了一天，我又累又渴。我决定先在路边的一家茶店停下来喝杯茶，休息一下再回家。当我到家时，天已经黑了。

我在熟悉的大门上敲了几下，父亲把门打开，只见他手里挽着一个让我既眼熟又陌生的女人。她不是别人，正是那位与我同车的邻座。

列车上的邂逅

上车后，我一直独自坐在一个包厢里。只是到了罗哈纳，才上来一个姑娘。来送行的那对夫妇可能是姑娘的父母，他们非常担心她路上的安全。女的再三向她交代：东西该放在哪里，不要将头探出窗外，避免与生人谈话，等等。

他们彼此告别之后，火车驶出车站。由于我眼睛完全失明，当时只能感觉到光亮和黑暗。所以，姑娘长得怎样，我说不上来。不过，从她趿拉趿拉的脚步声，我知道她穿的是拖鞋。

要想知道她长相如何，那得花费一番功夫，或许我永远也搞不清楚。但我喜欢她说话的声音，甚至连她拖鞋发出的声音都喜欢。

"你去台拉登吗？"我问。

想必我是坐在黑暗的角落里，因为我的问话使她吃了一惊。她惊讶地说："我不知道这里还有人。"

是啊，眼睛好的人看不到眼前的东西是常有的事，因为他们要注意的东西太多了。而失明的人或半失明的人，只能注意那些最重要的，即那些对他们的其他感官触动最深的东西。

"我也没有看到你，"我说，"但我听到你进来了。"

我不知能否使她看不出我是一个盲人。我想："只要我坐在座位上不动，这是不难做到的。"

这时，姑娘说话了："我在萨哈兰普尔下车，我伯母在那里接我。"

"那我最好不要和她太亲近了，一般来说，伯母可不是好惹的。"我心想。

"你到哪儿下车？"姑娘问。

"台拉登，然后再去穆索里。"

"哦，你太幸运了！我多么希望也去穆索里啊。我喜欢那里的山，特别是在10月。"

"是啊，眼下正是最好的季节。"我说着，不由得回忆起那里的一切，"山上长满了野大丽花，白天阳光灿烂，到了晚上，人们围坐在一堆堆篝火旁，在一起喝酒聊天。此时，游人大都已经离去，幽静的山路上行人稀少。的确，10月是最好的季节。"

姑娘缄默不语。我的话不知是否打动了她的心，她是否认为我是一个富于浪漫色彩的人？这时，我说话不慎走嘴。

"那是什么？"我问。

她似乎未发现我的问话有什么不正常。难道她已看出我什么也看不见吗？然而，她下面的问话解除了我的疑虑。

"你怎么不向车窗外面看看？"她问。

我轻轻地沿座位移向车窗，窗子敞开着。我面对窗口，做出在看外面景物的样子。我听到了机车的喷气声和车轮的隆隆声。用我心灵的眼睛，我可以看到外面的景物一闪而过。

"哎，你注意到了吗？"我鼓起勇气说，"路边的树看上去好像在走，而我们则似乎原地不动。"

"这是正常的，"她说，"你看到动物了吗？"

"没有。"我非常自信地回答道。我知道，在台拉登附近的树林里，动物几乎绝迹了。

我从车窗转向姑娘，好一会儿，我们彼此都默默地坐着。

"你的脸很有趣。"我说。我变得大胆了，但这是好话，没有哪个姑娘不喜欢恭维的。

她满意地笑了，笑声清脆，恰似银铃一般。

"我很高兴听到你说我的脸很有趣，我已经听厌了人们说我的脸很漂亮。"

哦，你的脸的确很漂亮，我想。于是，我大声说："不过，脸有趣的同时也就是漂亮。"

"你真是个爽快的小伙子，"姑娘说，"可你为什么这样严肃呢？"

我想我该对她笑笑，但一想到笑，我心中就产生孤独和不安的感觉。

"车很快就要到你下车的车站了。"我说。

"谢天谢地，总算快到了，在车上一坐就是两三小时，我可受不了。"

可我却想，只要能听到姑娘讲话的声音，要我坐多久都行。她的声音就像山涧小溪的涓涓流水，清脆悦耳。一下车，她马上就会忘记我们这短暂的相会。可我，在这整个旅途中，直至以后一段时间内，都不会忘记这次邂逅。

火车汽笛一声长鸣，车轮的节奏随之慢了下来。

姑娘站起来，开始收拾东西。直到现在我也不知道她的头发是卷发，还是辫子，是披肩发，还是齐耳短发。

火车徐徐驶进车站。外面，搬运工和小贩的叫喊声嘈杂一片。车门旁，一个女人也在尖声喊叫，她一定就是姑娘的伯母。

"再见！"姑娘说。

她离我很近，近得连她头发上的香水味都闻得到。我想用手摸一下她的头发，可她很快走开了，只有香水味还留在她站过的地方。

车门口一阵忙乱之后，一个男人来到我所在的包厢，他嘴里结结巴巴地向我说了句客套话。只听车厢门砰的一声关上，我们又与外面隔绝了。我回到自己的铺位，列车员吹响哨子，火车又继续前进了。于是，我又与新上来的旅客玩起游戏。

火车不断加速，车轮滚动，车厢震颤。我坐到窗前，望着窗外对我来说是一片黑暗的白天。

窗外的事情太多了，想象着外面所发生的一切，也会令人心醉神迷。

刚上车的男乘客打断了我的沉思。

"你一定感到失望，"他说，"很遗憾，我这个旅伴可不像刚才下车的那位姑娘那么吸引人。"

"她是个有趣的姑娘，"我说，"你能告诉我，她留的是长发还是短发吗？"

"这我倒没留意，"他说，显得有点困惑，"我只注意到她的眼睛，没留心她的头发。她有一双漂亮的眼睛——但这对她来说却毫无用处，因为她的眼睛完全失明了。难道你没有发现吗？"

回家路上

陈乔从小离开父母，在印度由叔叔养大。18年之后，他要回到廷布自己的家。他从边境城镇奋特休岭乘坐杜鲁克捷运公司的微型公共汽车，与他同座的是一位干瘦的老人。一路上，他们谁也不对谁说话。老人不想打扰看上去有些疲倦的年轻先生，年轻人则受过不与陌生人交谈的教育，不管是老者还是少者。所以，他们都沉默不语。

当他们来到桑塔拉卡，汽车停下稍事休息。老人下车去买橘子。回到车上，老人客气地递给年轻的同行者一个橘子。陈乔感到有点受辱。接受一个社会地位明显比自己低下者的食品，是不可理解的。于是，他明确地拒绝了老人的施舍。

老人歉意地笑了笑，自个儿剥开一个橘子，将一个橘瓣放进嘴里吧叽吧叽吃起来，吃完把籽从车窗吐出去。

陈乔被老人的行为激怒，他觉得老人在故意向他炫耀。于是，陈乔也决定向老人炫耀一下。

在下一站盖都，陈乔将一个卖苹果的叫过来，买了一些苹果。卖苹果的告诉他只10个努扎姆，但陈乔扔下一张面值50努扎姆的票子，连不用找钱都懒得对卖苹果的说。他拿出刀子，把一个苹果切成块，然后，将其他苹果全部扔掉。通过眼角，他对邻座脸上惊奇的表情感到满意。这就是给他的眼色！他想。

车到楚卡，他们停下吃午饭。老人说："年轻先生，如果我有什么冒犯你的话，请你原谅。我可以知道年轻先生要去哪里吗？"

陈乔把老人的话看作是一种假惺惺的恭维，认为是在拍他的马屁。"廷布。"他粗暴地回答说。

"能与年轻先生同行，是我有幸。"老人继续说，"你能赏光与我共进午餐吗？"

"不，谢谢您！"陈乔说，"我不饿。"

当他们抵达廷布时，老人问年轻先生要去哪个区？当陈乔回答兹鲁卡时，老人说他也去同一个区。

"既然我们都去同一个区，"老人主动地说，"那我们可以同乘一辆出租车。"

陈乔对老人的提议进行了认真考虑。由于他新来乍到，地理不熟，他勉强地接受。"但得由我来付车费。"他傲慢地说。

出租车把他们拉到兹鲁卡。老人下车时，问陈乔住在谁家。陈乔说出了他爸爸的名字："来自库尔托的阿帕·皮马拉。"

"我就是库尔托的阿帕·皮马拉。"老人惊奇地说。

同进一家门

"你已长大成人能够自立了，我已实现了你妈妈的最后心愿，该考虑考虑我自己的事了。在我的迟暮之年，我想再找个伴，以便身边有个关照。这个伴我已找到，她可能对你是个惊奇。告诉我你何时回家，我们好欢迎你。你的爸爸。"

卡嘎看过信，气得将其揉成一团扔进废纸篓里。"哦，爸爸！"他悲痛地想，"你怎么不忠于对妈妈的回忆？"

妈妈去世时，卡嘎只有3岁。他对妈妈几乎没有印象，但一想到妈妈，他的喉咙就发堵，眼里就浸满泪水。爸爸达苟尽最大努力来填补他失去妈妈的空白，但妈妈毕竟不像别人，在与不在对卡嘎的人品形成都是有影响的。

达苟那时才20岁，他曾庄重地在妻子的灵床前许诺，他将精心关照他们的儿子，直到他长大成人。为此，他从不考虑再婚的事，全心用在抚养儿子上。达苟知道继母对孩子是一种感情创伤，所以，他自觉地决定，要再婚，也只能等儿子大学毕业以后。

"爸爸的确信守了对妈妈的诺言，"卡嘎在去学院俱乐部的路上怜悯地想，"我应该祝贺他。"

卡嘎正坐在那里喝茶，他的朋友坦金坐到他桌子跟前。

"你准备比原计划提前与迪玛结婚吗？"朋友问道。

"现在更应该提前了，我爸爸也在准备再婚，"卡嘎说，"你怎么问起这个？"

"没别的。实际上，没我的事……但……"

"说呀，不要吞吞吐吐的，朋友之间什么都可以说。"

"哦……你不感到她对你来说有点老吗？我是说，她甚至已经有一个与你年龄差不多的女儿。"

"在我看来，年龄并不重要，问题是你太没诗意了，你缺乏诗人的头脑。"卡嘎笑着说。

那天是他们在大学的最后一天。当天晚上，卡嘎就搬出学院，前往迪玛家。透过窗子，迪玛看到卡嘎正朝她家走来。她笑着向他挥手，并示意他上二楼。

迪玛尽管已近40岁，但看上去并不显老，与年轻的大学生相比，一点都不觉着不般配。她虽缺乏正规教育，但气质和人品却大大弥补了她在教育方面的不足，凡见到她的人都被她的美貌所陶醉。

然而，这却不是卡嘎喜欢她的唯一原因。迪玛除了有姣好的容貌外，她还有一颗金子般的心。她从18岁就守寡，作为女儿的单亲母亲，她以自己的尊严和幽默，含辛茹苦，把女儿养大成人。现在女儿已在首都找到一份称心的工作，她自己也在一个年轻的大学生身上又找到了失去多年的爱。

卡嘎坐在迪玛身边："明天我们就去廷布征求爸爸对我们婚事的意见。"

"哦，卡嘎，"迪玛紧紧地抱住他说，"我既高兴又害怕。"

卡嘎从未告诉过爸爸他与迪玛的关系。当达苟第一眼看到漂亮的迪玛时，他感到非常惊奇。

"哦，儿子，"他说，"你的审美观念和我一样，甚至比我还高。来认识一下你的继母，然后告诉我你的看法。哎，德吉，出来，卡嘎回来了。"

　　一个年轻姑娘从厨房里出来。姑娘看到迪玛，突然停在那里："哦！"她惊叫道，"是你，妈妈？"

　　"德吉，我的女儿，你在这里干什么呢？"

神秘的乘客

　　很多年以前，当我还仅仅是个小伙子，不像现在这样满脸皱纹、老态龙钟时，我每天上下班通常都是乘火车去乘火车回。由于没有什么牵挂，又没有什么需要关照，我每天常常工作到很晚，并经常为别人替班。这意味着我得经常深夜乘车回家，这对我倒没有什么不便，因为我喜欢火车旅行。

　　一天夜里，我像往常一样深夜乘车回家，一路上乘车的人不多。在同行的人中，有一位小个子老太太，手里拿着一个很大的购物袋。我一看到她上车，就蓦地想，她一定是那种很健谈的人，也就是坐在你身边、一路上没完没了与你说个不停的那种人。"千万别坐在我身边！千万别！"我当时就想。她的确没有坐到我身边，她坐在了我的对面。

　　火车每站都停，但每次都是下车的人比上车的人多。每当这时，小个子老太太就会环顾周围，看着人们上上下下，然后她会转过头来朝我笑笑。就这样，一直到车厢里只剩下我们两个。此时，唯一有所不同的是她的笑声更大了。

　　要说她的举止使我感到有些紧张，那是言过其实，但确实让我感到不可理解。现在整个车厢里就剩我们两个，于是，她说话了："很高兴，终于就剩下我们两个了，"她以一种神秘的声音说，"因为我还有一些事必须要做。"

就在这个时候，她身体前倾，将手伸进她那个大大的购物袋，她从袋子里拿出一把我从未见过的最大的螺丝刀。当她拿着螺丝刀对着我的时候，我注意到螺丝刀扁平的头部被磨得很平。我以为她要对我做什么，吓得我够呛。

"对不起，年轻人，可我不得不这么做，这些孩子令人可怕！他们总是弄松这些螺丝！"

说完，她就突然转过身子，开始拧与我们挨着的那扇车门上的螺丝钉。把门上所有的螺丝钉都拧紧之后，她把螺丝刀又放回到她的大袋子里，坐到原来的座位上，一脸满意的样子。她没有再说一句话，到了下一站就下车了。此刻，我的脸色一定看上去非常苍白，因为我在曼彻斯特皮卡迪利大街下车时，发现列车长立即注意到我。

"你还好吗，朋友？"列车长问道。

"不好，简直糟糕透了！"我回答道，并且告诉他我在车上所遇到的一切。他听了一点也不感到吃惊。

"噢，她呀！是的，我们知道她的一切！"他笑着说，"她不伤害人。"

然后，他就给我讲了她的故事：三年前，老太太的儿子儿媳因公去了国外，留下孙子让她照看。可悲的是，孙子在乘坐这趟车去上学时从车上掉下来摔死了。尽管这个事故与老太太一点关系也没有，可她感到自责，因为孩子是由她看管的。打那以后，这位奶奶就总是在火车上拧车门上的螺丝钉，以此希望能赎回她想当然的过错，而且也是为了防止这样的惨剧再次发生。

"真是太不幸了！"在他讲完故事时，我不以为然地说道，"可她的行为还是让我不可理解！你们就不能阻止她吗？"

"我们试过，"列车长笑着说，"可谁也无法阻止她，她照例不时上到车上挨个检查每节车厢门上的螺丝是否松动，不是紧紧这里，就是紧紧那里，直到确信每个螺丝安全牢靠。时间长了，我们都把她当成了我们中的一员。"

听了列车长的介绍，我不禁对这位神秘的乘客产生由衷的敬佩。

蓝色眼睛

我醒来，浑身是汗。热气正从刚刚洒过水的红砖铺就的路面上升腾。一只灰色蝴蝶在黄色的灯光下炫耀地飞来飞去。我从吊床跳到地上，光着脚小心翼翼地穿过房间，因为稍不小心就会踩到蝎子。我来到小窗前，呼吸着乡间的新鲜空气。我甚至可以听到静夜的呼吸声。我回到房子中间，从一口缸里往锡铁盆里盛了些水，湿了湿毛巾，开始擦起胸部和双腿。晾了一会儿，确信衣服皱褶里没有藏着什么虫子，我才穿起衣服。我来到旅店门口，发现旅店的主人——一个一只眼睛、沉默寡言的男子，正半闭着眼睛，在一条藤条凳上抽烟。看我出来，他用沙哑的声音问我："要去哪里？"

"去散散步，太热了。"

"这时候哪里都关门了，周围又没有街灯，你最好不要出去。"

我耸了耸肩说："我出去走走，一会儿就回来。"说着，我便走进黑暗之中。起初，我什么也看不清，沿着石头铺就的街面摸索着前进。为了放松，也为了给自己壮胆，我点着一根烟。突然，月亮从一片黑云后面露了出来，照在一面有几处破损的白墙上。这突然的白亮让我目眩，我只好停下脚步。在微风吹拂中，我呼吸着充满罗望子香气的空气。夜里的空气潮湿闷热，街面到处是树叶和虫子。蟋蟀在高高的草丛中此起彼伏地鸣叫着。我抬起头，发现夜空中星星也出来了。我在想，宇宙真是一个巨大的天体系统，世间万物都在与其对话。可我的行动、蟋蟀的鸣叫、星星的闪烁都算不了什么，只能是与宇宙对话中的一个小小休止符或音节。我将烟头丢在路边，烟头滚了几下，画出一道闪亮的弧线，像一颗小小的彗星释放出简短的亮光。

我慢慢地走了很长时间。那时我感到我的两片嘴唇是自由的、安全的，我可以自言自语地想说什么就说什么。就在我穿过街道时，听到有人从一家门里出来。我转头看了看，可辨别不出任何东西。我继续往前走。几分钟之后，我听到有人穿着拖鞋迈着迟缓的脚步，走在仍很热的石头路上。我不想再转头看，尽管我看到有个影子在一步一步地接近我。我想跑，可我却不能。突然，我停下脚步。我还没来得及防范，就感到一把刀子已经紧逼在我的后背上。只听一个严厉的声音说："不许动，先生，否则就将刀子捅进你的后背。"

我没敢转头，问道："你想干什么？"

"我想要你的眼睛，先生。"一个怯生生的声音回答道。

"我的眼睛？你要我的眼睛干什么？瞧，我身上还有些钱，虽然不多，但你可以用它买些你所需要的。你只要放了我，我可以给你我所有的一切。请不要杀害我。"

"不要害怕，先生。我不会杀害你，我只是想得到你的眼睛。"

"你为什么要得到我的眼睛呢？"我再次问他。

"我女朋友突然有这奇想，她想拥有一双蓝色的眼睛，可在这周围很难找到这样的眼睛。"

"那我帮不了你，我的眼睛是棕色的，不是蓝色的。"

"别想欺骗我，先生，我确信你的眼睛是蓝色的。"

"不要伤害一个同胞的眼睛，我可以给你别的东西。"

"不要给我来这一套，"他严厉地说，"把头转过来。"

我转过头，发现他是一个既弱小而又柔嫩的男孩，一顶宽边帽遮住了他的半张脸，右手握着一把乡村弯刀，在月光下闪闪发光。

"让我看看你的眼。"他命令道。

我划着一根火柴，将火柴靠近我的脸。火柴的光亮刺得我眯起眼睛，他用一只有力的手掰开我的眼睑。他看不清，于是踮起脚尖，仔细地看我的眼睛。很快火柴就烧到我的手指，我赶紧将其扔掉。

沉默了一会儿，我说："你确信无疑了吧？我的眼睛不是蓝色的。"

"你很聪明，是不是？"他回答道，"让我再看看，再划着一根火柴。"

我又划着一根火柴，将其靠近我的眼睛。他抓住我的衣袖，命令我："跪下！"

我跪下。他一只手抓住我的头发，将我的头往后一拉。他好奇而又紧张地弯腰朝向我的脸，直到弯刀擦伤我的眼睑，他才将刀放下。我闭着眼睛。

"把眼睛睁开。"他命令道。

我睁开眼睛。火柴烧到我的睫毛。

突然他松开我："它们确实不是蓝色的，滚蛋吧！"

说完，他便消失了。我镇静了一下，跌跌撞撞从地上起来。我在空寂无人的街道上跑了一小时，当我回到我所寄宿的旅店时，发现旅店的主人仍在门前坐着。我什么也没说就进到旅店。第二天，我便离开了那座城镇。

总是迟到的她

她上班总是迟到，而每次迟到她都有自己的理由。不是交通拥堵，就是地铁太慢，要不就是脚扭伤了。

可在我的公司，她却是最好的人才。除了不大遵守上班时间之外，她的工作确实无可挑剔。我极力忽视她的这一不足。但过了一段时间之后，我发现她越来越不守时了，我不得不管。

就在我要解雇她时，良心告诉我："解雇之前，最好先给予其警告。"

"注意你的行为，否则……"一天，我这样警告她说。

我向她发出警告的第二天，她上班没再迟到，按时来到公司。但第三天她就又开始说谎。

我不得不解雇她了。但良心又告诉我："当场抓到她，证明她在说谎时再解雇她。"

于是我得到她的住址，躲在她家所在的那条巷子里，等她从家里出来。等了一小时之后不见人影，我知道她可能早已离开了。

我想，今天她一定会按时到公司。可没有，她又迟到了，而且找了个站不住脚的借口。

出于好奇，第二天我提前两小时又来到她家那条巷子里找了个地方躲了起来，看她何时离开家门。

幸亏我提前两小时来到她家那条巷子，我刚到没几分钟，她就从家里出来了。

她是7点离开的家。

"她今天会很早就到公司，我的努力看来要白费了。"我心想，"今天是抓不到证据了。"但我仍然跟踪着她，看她是不是去与男朋友约会。

就在她往前走着，一辆轿车在她后面的丁字路口不顾红灯闯了过去，与一辆对面驶来的摩托车迎面相撞。摩托车驾驶员被轿车撞出老远。躺在路上的小伙子很快被过路人围了起来。

她快步朝前走着，但眼睛却不停四处张望着。

我跟踪着她，决定拿到她上班迟到的证据。

只见她转身跑回车祸现场。

为了跟踪她，我只好也跑了起来。

"你们光在这里看，为什么不赶紧救人？"她叫道，"你们想等着看他死去吗？"

她赶紧用她的手机给警察打电话。不到5分钟，警察就赶到了现场。紧接着，救护车来了。她帮着把受伤小伙子抬上救护车，并陪伴他来到医院。我赶紧打了辆出租车跟上救护车。

她从医院一出来，就被警察截住盘问起来。

到9：15，她才叫了辆出租车，向公司驶去。

我在她之后到达公司。

"今天又晚了？"我问。

"老板，今天又堵车，堵得很厉害……"她说。

"你在说谎，今天交通根本不拥堵。"

她保持沉默。

"我看到你救护交通事故受伤者了……"

"对不起，老板……我每天上班路上不是看到这事故就是那事故，可没有人乐意帮忙。在你的警告下，我曾极力不去管这些闲事，可我想起父母对我的教导，我就不能不管。可这样一来，我就经常上班迟到。但老板，我在努力做好我的工作，每天我都要在公司至少工作8个半小时，你可以检查我每天离开公司的时间记录……"

"哦，让我看看。你现在开始工作吧！"她说得没错，她的考勤记录上显示，有时她晚上8点下班，有时9点半才下班。她每天大都要工作8个半小时，有时会更多。我从她的工作中找不出一点毛病。她是公司里最好的员工。

从那天开始，我再也不问她上班迟到的原因了。

自找麻烦

阿蒂·巴特从小在一个迷信的家庭环境中长大。不管走到哪里，她都要找看手相的和算命先生为她算命，以便对未来生活心中有数。

那天上午，阿蒂怀着极大的不安来到四季宾馆。一位著名的算命先生就住在这里，但他只是有选择地为能够向他支付1万卢比的人算命，而且每次只有15分钟。

要找算命先生，首先必须通过他的秘书。来者必须把姓名、住址等详细情况先告诉她，然后排队等候。

阿蒂并不知道算命先生的秘书在询问来者姓名和其他情况时，隔壁的算命先生斯瓦米已经通过助听器记录下了来者的所有信息。

今年60岁的阿蒂在算命先生面前一入座，老先生就打开一打上面写有文字的棕榈叶片。算命先生从中抽出一个叶片，读起阿蒂的命运。

通常，叶片上50%说对，大多数来者都会信以为真。

看到坐在他面前的是一位60岁的老妇人，算命先生斯瓦米就开始瞎扯了。

"在你身后的远处，我看到了阎王的影子。"算命先生对眼睛睁得老大的阿蒂说。

"你是在1945年2月11日湿婆神节那天生人，我说得对吗？在你第65个湿婆神节那天，你就会见阎王。你要是能度过那一年，你再遇到他的日子是你95岁那年的生日。"

听到95岁就要离开这个世界，可怜的阿蒂非常害怕，她开始每天锻炼身体。她打高尔夫球，练瑜伽，改吃素，每天只吃水果和蔬菜。很快她就在朋友中成为最健康的女人。

64岁生日之后，阿蒂却患上了偏执狂症。穿过马路时，她的头会快速左右摇摆，其他行人看到都很好奇。她出门都要在门上锁两把锁，每次都要带上一把锤子或在包里放把锋利的折叠刀，用以自卫。她甚至参加了一个跆拳道学习班。

然而，阿蒂64岁这年，几件不寻常的事情还是发生了。

一次，当她走在孟买最繁华的考拉巴街区的人行道上时，一个很大的花盆在离她几英尺的地方意外地从高处摔下来，差点砸在她的头上。

"我的幸运之星保护了我，"她倒抽了一口凉气说，"感谢上帝，我躲过一难。"

还有一次她要去什么地方，就在她要上出租车时，却突然发现手机和锤子没在包里。于是，她又折回家去取。可走出不多远，就听到"嘭"的一声巨响。一辆卡车与刚才她要上的那辆出租车相撞，出租车司机当场严重受伤。

一个个可怕的事故接连发生，但每次阿蒂都安然无恙地躲过。于是，她不再有什么担心，一切顺其自然。"一只猫有9条命，我至少有11条命，"她心想，"不会有什么不幸发生在我身上，毕竟所有好运都罩在我的头上。"

湿婆神节意味着带来好运，毕竟她是一个虔诚的印度教徒。

2011年2月10日，就在她65岁生日的前一天，她把家门锁上，她要把自己锁在家里长达48小时，直到13日再打开。

2月13日上午，她高兴地叫了起来："未来30年，我再也不用担心死亡了！"

周末她安排与朋友去聚会、坐摩天轮车、在孟买的惠灵顿俱乐部打高尔夫球。奇怪的是，天却突然阴了下来。

"真是奇怪，"她感到惊讶，"现在不能下雨，我刚出来玩。"

她看到其他打高尔夫球的人和捡球小童都回到了俱乐部的棚子下面。但阿蒂却没有去避雨的意思，继续打球。

后来，她驱车来到球场中间，其他人都在远处看着她。

云彩越来越黑，并不时雷鸣电闪。

阿蒂再次举起球杆，这是她的最后一杆。

突然，一道长长的闪电击中她的球杆棒面，她的两臂和全身立马触电。

数百双眼睛看到了这一幕。

"这是她做的最傻的事情，"与她一起来到俱乐部的朋友说，"谁会冒着被闪电击倒的危险而带着高尔夫球杆到露天的啊？"

"按照印度教教历，今天是湿婆神节，也是她的生日，瞧她选的这日子！"

阿蒂彻底忘记了每年的湿婆神节日期是不同的，1945年是2月11日，但2011年却是3月3日。

审判

星期一中午12∶15，阿马尔·坎特被两名警察最后押进座无虚席的法庭。50多名媒体记者都想看到他的表情，可大都看不到。

阿马尔紧挨同案被告拉胡尔和阿迪提亚，坐在他往常的位置上。他身着白色的古尔达长裙，乌黑的头发像是洗过或打过油，但胡子没刮，眼睛也无神。他面无表情，默默地坐在那里，显得很安静。显然他的健康状况不好，像是有病。最初审判他时脸上傲气的样子再也不见了。

就在特别法官浏览判决内容和为什么认为阿马尔和其他两名被告有罪时，不安的阿马尔低头坐在凳子上，一会儿交叉双臂，一会儿双手托脸，脸上不时露出痛苦的表情，像是哪里疼痛。可他眼睛从不看法官，也不看在场的记者。

那天的特别法庭里，记者与警察摩肩接踵。判决程序开始，记者极力想抓住法官所说的每一句话。法官光宣读判决的重要部分就持续了近3小时，但他表明，在今天的判决程序未完之前，记者不准发布任何消息。

当法官向阿马尔解释对他的判决时，阿马尔双手扶着凳子前面的栏杆，低着头从凳子上站起来。直到法官让他坐下，他才颤抖地再坐到凳子上。

17年前，阿马尔犯下十恶不赦的罪状，残忍地杀害了一个无辜的生命。他自己知道，他的罪行不是被判终身囚禁就是死刑。

对很多在座的人来说，对阿马尔做出判决是理所当然的，特别是对死刑是否是野蛮行为做了热烈辩论之后。

然而，有一个人则坚持认为死刑是合理的。

这个人羞怯地蒙着头，不停地活动着手指，屏气坐在那里。只见她身着褪了色的粉红纱丽，脸色苍白。她期待着法官宣判残忍地剥夺了她唯一幸福的罪犯死刑。

1993年3月15日，玛雅像往常一样，离家去打零工，并顺便将女儿卡维塔送到学校。为了生活，玛雅每天都要帮人洗衣服、洗刷餐具或做饭。尽管家里很穷，但为了实现女儿的志向，玛雅不辞辛劳。卡维塔没有辜负妈妈的期望，学习非常努力，争得很多荣誉。

那天，卡维塔要进行最后一次考试。玛雅陪同女儿来到学校。就在玛雅拥抱女儿时，女儿推开了妈妈。"妈，我要迟到了！"卡维塔不耐烦地说。

"不会迟到的，记着考完试就直接回家，不要到处去！"

"好的，我不是小孩子了，我知道！"

"那快进学校吧，希望你像往常一样考好！"

"放心吧，妈妈。"卡维塔一边说，一边在妈妈的脸上亲吻了一下，然后便跑进学校破旧的小门。

就在玛雅站在那里看着身着蓝白校服的女儿从她的视线中消失时，她怎么也想不到这就是她最后一次看到自己的女儿。此后不久，卡维塔就遭遇不测。

24岁的阿马尔是一个受人尊敬的政治家的儿子，他积极参与爸爸政党的活动。为了宣传爸爸政党的政策，他来到一个当地穷人的学校。卡维塔就在这所学校学习。

陪同阿马尔做宣传的是5个他的党羽，其中两个就是他的帮凶。他向该校捐赠了一大笔钱，目的是提高他在当地贫民心目中的声誉。

就在校方领着他参观学校时，阿马尔发现了卡维塔。她年轻妖媚，就像刚要绽放的花朵。姑娘的美丽，一下吸引住了他。一股强烈的占有欲立刻占据了他。就在阿马尔向卡维塔看去的一刹那，他就知道她是特别的。他控制住自己的情绪，决定等待。

下午4:30，卡维塔做完试卷，走出教室，与先她而出来的同学罗西和沙尔达讨论起试卷。就在姑娘们离开学校之前，她们决定去一趟厕所。卡维塔把书包交给朋友，就进到厕所。朋友等了很长时间也不见她出来。后来，她们找到她时，只见她嘴被塞着，浑身是血，身上什么也没穿。

案件震惊全国。由于这一暴行涉及的是一位大人物的儿子，人们都担心罪犯是否会得到应有的制裁。

媒体光顾追踪政治家的儿子了，很少关注受害者的妈妈。没人关心失去14岁宝贝女儿的玛雅的哭喊和悲痛。然而，媒体的大肆宣传确实引发了一场旷日持久的审判战。囚犯最终被指控为强奸和谋杀罪。

然而，尽管指控成立，但判决却一拖再拖。基于罪犯没有犯罪前科，法院始终未对阿马尔做出宣判。

玛雅多么希望将罪犯脸上的狂妄打掉，她不能继续让他嘲笑她的贫穷、她的凄凉、她的损失和无助！

可怜的女人一直在为女儿的尊严奋争。尽管她的申诉一再失败，她却变得越来越坚强。她卖掉了所有的首饰，工作也坚持两班倒。她的努力最终得到回报。

很快，一份上诉状被提交上去，事情开始朝着有利的方向发展。女儿卡维塔被害案在拖延了17年之后，终于看到了希望。刑事系统已经将指控送达审判庭，法庭正在调查取证，其中包括口供和医疗及科学证明。过去不予理睬的证人，现在都愿主动出来做证，支持玛雅的斗争。媒体也都同情和支持这个失去女儿的妈妈。所有这一切都有助于拉紧套在罪犯脖子上的绞索，并最终宣布判决日期，等待罪犯的将是终身监禁或死刑。

就在第四个证人——学校的工人做证时，被告人颤抖地从凳子上站起来，请求法官允许他说话。

像蜜蜂的嗡嗡声，法庭上出现一阵好奇的低语。

阿马尔用混杂的英语和印地语，轻轻地详细讲述了他令人毛骨悚然的犯罪计划和实施经过。

"在我朋友拉胡尔和阿迪提亚的帮助下，一个计划很快就制订了出来。就在他们听到卡维塔与朋友对话时，他们决定将计划付诸实施。我在得到暗示之后，就对卡维塔动手了。"他在讲述这些时，眼睛里盈满了泪水。

"我不是无罪，"41岁的阿马尔在长达一天的供述中最后说，"我请求审判终结，对我做出判决。"

法庭顿时一阵沸腾。在场的听众完全震惊。审判一开始，辩护律师和听众都确信最多判被告终身监禁，但现在看来，判决会不同了。

"此人已经失去了任何人道同情的权利。"特别法官宣布道。他进一步排除了给予被告任何改造或改过的机会，当场判定他为"社会威胁"。

"你以强奸和谋杀两罪被判处死刑，你将被勒死。"

法庭气氛严肃。阿马尔没有反应，他以沉默接受宣判。他一直低着头。判决一宣布，他就被立马带走。

离开法庭时，他眼睛与玛雅的眼睛相遇。他永远都不会忘记她脸上的表情。然而，他很快低着头离去。

由于他的脸被布蒙着，并被绞索紧紧地套着，阿马尔感觉一片黑暗。突然，他看到玛雅的脸——最终宣判的那天她的表情。她在笑，就像他在嘲笑她的无助、她的凄凉和失败。

然而，他的命运已经是铁定了。像是陷入邪恶的圈子，他的失败也发生在他女儿身上。就在一年前，他14岁的女儿在他居住的房子里被人残忍地杀害。

玛雅从座位的过道走下来，面无表情。她17年的苦苦等待终于有了结果。杀害女儿的罪犯阿马尔终于被绞死。让人惊奇的是她却已经变得麻木，没有了任何表情。她对这一结果已经期盼了很久，而且在煎熬中度过了每一天，现在当正义得到伸张，她反倒没有了感觉。她想品尝欣慰和幸福的味道，但却不能。因为她已经麻木。

就在她向家走去时，她的脚步变得沉重。尽管街上人很多，可这并未缓解她的凄凉。她停下脚步，在路边一条水泥凳上坐下。用纱丽边擦了擦脸，她开始想她以后的日子。

"我现在该做什么呢？我的后半生该做什么呢？"她看上去很茫然，很困惑。

过去的17年，她活得是有目的的，她在为女儿的尊严而奋斗，她在对女儿的回忆中生活。那时她倒没有感到多么凄凉。女儿的死得到正义的伸张后，她反倒感觉更凄凉了。

她突然意识到，她不再有什么东西可以让她的女儿活在她的心里，她也没有什么要活下去的动力了！女儿的笑容再次从她的脑海消失。她内心有一种深深的失落感。

泪水盈满玛雅的眼睛，可就是流不出来。她双手扶在腿上，冷漠地默默看着虚无的周围。

一只好心的狼

喜马拉雅山下的夏天，尽管碧空如洗，阳光明媚，可空气依然是凉的。

正在吉巴尔山谷独自旅行的印度著名登山运动员和摄影家杰汉吉尔·戈德里吉突然听到一群狼叫的声音。

他已经好几年没有看到野狼了。他知道，只要不主动袭击野狼，它们是不会伤害人的。他寻声朝狼叫的峭壁看去，只见三只狼正蹲在峭壁边上往下看。

原来在峭壁下面一条小溪边上，一只黑色的小狼崽被一堆树枝困住。

一向富有同情心的杰汉吉尔涉过溪水来到可能是被水冲到树枝堆里的狼崽跟前。

起初，小狼崽极力想咬杰汉吉尔，但当它发现杰汉吉尔对它没有危害时，便很快放弃了进攻。

焦虑不安的三只成年狼停止号叫，一下安静下来。

杰汉吉尔拨开树枝，轻轻地抱起小狼崽，艰难地爬上峭壁的斜坡，将狼崽放在离狼窝几十英尺的地方。

小狼崽朝妈妈跑了几步便停下脚步，转头摇着尾巴长时间地看着杰汉吉尔。

然后，三只大狼带着小狼崽一起离去。

5年之后的9月，杰汉吉尔自己都不知道为什么又回到吉巴尔山谷。他来到当年看到狼群的地方。这里的空气似乎更凉了。

杰汉吉尔花了整整一天的时间才攀上狼群当年号叫的那座峭壁。被雪覆盖的喜马拉雅山脉在夕阳的照射下一片金色。太阳就要落山了，他必须很快宿营。他走出一英里，突然来到一个绝路的地方。

他站在峭壁顶端的石头上，高达几百英尺的峭壁下面就是一片宽阔而平坦的盆地。他拿出望远镜，发现盆地里栖息着各种各样的动物，诸如，桑巴尔鹿、麋鹿、远处还有一群狼，甚至还有几只棕熊。

"这里的景色简直是太美了！"杰汉吉尔惊奇地感叹道，"这简直就是地上的天堂！"

他忘记了时间，就连纷纷的雪片落在脸上，他都没有感觉到。

此刻天已很晚，他从坐着的石头上站起来准备下坡。他蹲下身子朝坡下滑去。可滑着滑着，不知什么东西绊了他一下，结果让他一直翻滚到坡底。

醒来时，他冻得浑身发抖。依稀可见的月光下，他的整个身子几乎被雪埋住，呼啸的寒风将气温降至冰点。

杰汉吉尔确信他活不了了，于是绝望地闭上了眼睛。

后来，他感到身边有东西存在。站在他身边看着他的是一只领头的大黑狼，与它在一起的还有其他两只狼。大黑狼开始用舌头舔杰汉吉尔脸上的雪，它一边舔，一边紧贴杰汉吉尔趴下，两个同伴也跟着趴在杰汉吉尔的身旁。一股暖流顿时浸入杰汉吉尔冻僵的身体。

杰汉吉尔感觉越来越暖和，他把脸贴在黑狼毛茸茸温暖的脖子上，另外两只狼也将它们的身体和腿压在杰汉吉尔的身上。

尽管暴风雪仍在肆虐，杰汉吉尔却舒服地睡着了。

黎明时分，雪小了，风停了。杰汉吉尔慢慢站起来。三只狼默默地站在离他10英尺的地方。金色的阳光穿过树梢照在杰汉吉尔的身上，要不是三只狼在他身边，他真以为来到了另一个不同的星球上！

他在从峭壁斜坡上滚下时，随身携带的背包丢失了，身体也擦伤了，好在伤势不是太重。他必须回到有人的地方，可他已经没有力气爬动。

像是感觉到了他的困境，黑狼（杰汉吉尔猜测就是当年他救过的狼崽）来到他身边，把冻僵的他从冰雪中温暖过来，然后它就在他身边走来走去，直到杰汉吉尔明白，它想让他跟它一起走。

杰汉吉尔一瘸一拐地走在黑狼后面。走出几百英尺之后，他发现黑狼把他领到两山之间一条只有几英尺宽的夹道。不熟悉这里地形的人是根本看不到这条夹道的。当杰汉吉尔进到夹道回头看时，只见黑狼摇着尾巴，张着嘴。杰汉吉尔猜想，黑狼实际上是在朝他笑。

然后，黑狼就像一道闪电消失了。

杰汉吉尔沿着这一夹道，来到一堆几英尺高的石头跟前。一定是山体滑坡滑下来的石头，他想。

但石头像是整齐地排列在那里，用以阻挡入侵者进到山里。他慢慢爬过石头，来到另一侧。从这里，他可以看到远处的天空缭绕着炊烟。他走了很长一段路才来到一些木房子跟前。

村子里的人看到不知道到从哪里冒了出来的杰汉吉尔都很惊奇。可他累得已经说不出话来。村民们让他吃了饭就安排他休息了。

杰汉吉尔两天时间才缓过劲来。村民们都对这位不速之客感到非常好奇，因为以前从未有人翻越山脉来到他们村子。就连飞机都从来没有飞越过这里的山脉。看到村民都好奇地盯着他看，杰汉吉尔向他们讲述了他的故事。

"我来自马纳里，独自出来旅行一个星期了，没想到被暴风雪困在了山里。是一只黑狼和它的同伴用它们温暖的身体，把冻僵在冰雪里的我救了出来，并引领我来到你们这里！"

"这个地区天气经常出现不测，你能活着出来，算你命大。"村子里的一位长者说。村民们也都认为杰汉吉尔是幸运者。

就在杰汉吉尔休息时，护林员阿琼·辛格沿着杰汉吉尔来的路线，来到两山之间的夹道口那堆石头旁。这堆石头就是他父亲当护林员时堆到那里的，以阻止人们进山破坏山谷里的自然环境。

杰汉吉尔身体恢复后，阿琼·辛格驾驶着他那辆破旧吉普车，将杰汉吉尔安全送回家。

悔过

从窗子射进来的阳光把我照醒。我起床穿好衣服，走进厨房，吃了点冷燕麦片作为早餐。过去三年来，我一直这样打发自己。该是工作的时间了。我走出家门，迈着悠闲的脚步，朝麦迪逊大街走去。此时正是一年中干我这一行最好的季节：夏天，大批游客纷纷涌入纽约。我来到城市广场。照常，广场已有很多游客，而且为数众多。"看来今天是个好日子！"我掩饰不住内心的喜悦想。就在这时，我看到一个30多岁的白人，估计他迷路了。

"太好了，"我自忖着，"该对他动手了！"我沉着自信地靠近那人。

"你好，先生！需要帮助吗？"

"是的，我想去麦迪逊旅馆，能告诉我怎么走吗？"

"哦，哦……过三个街区，右拐，靠你左边就是。"

"谢谢你。"

"不用客气。祝你快乐，先生。"

我从他身边走开，脸上不仅带着微笑，因为我的兜里装着那人的钱包。我打开钱包，发现里面有48美元，两张信用卡。几个小时我便得到4个钱包，我决定去吃午饭。此刻，我已得到几张信用卡，726美元现金和几个漆皮手工制作的意大利钱包。我决定去我喜欢的一个名叫达文西的小餐馆吃午饭。该餐馆做的比萨最好。但就在这时，又一个人闯入我的视线。此人身高6英尺之多，深咖啡色的肤色，只见他正在四下走动，不用问他一定是迷路了。

我小心翼翼地接近他，就像狮子悄悄靠近猎物。

"你好，先生！我可以帮助你吗？"

"是的，你知不知道电影院怎么走？"

"哦，知道。沿着第52大道走下去，左拐，右边就是，你不会错过的。"

"太谢谢你了。"

"不用谢，先生。很高兴能帮助你。"

当我打开那人的钱包时，我几乎在街上跳了起来。我发现里面有300美元现金和三张信用卡。我看了看其中一张信用卡上的名字：约翰逊先生。"非常感谢你，约翰逊先生。"我自言自语地说。我来到餐馆，感觉好极了。4道意大利美餐上来之后，我情不自禁地默默为约翰逊先生敬了一杯酒。"祝他像我一样快乐不断。"我认为我今天干得不错，决定上路回家。我没有想到，将要发生的事情将永远改变我的命运。

在回家的路上，我路过一条小巷。当我走到小巷尽头时，我看到了他，看到了刚刚被我偷盗的约翰逊先生。一个白人小姑娘摔倒，约翰逊先生正在热心地扶她起来。可小姑娘的妈妈看到后，以为约翰逊先生图谋不轨，开始哭叫着救人。那位妈妈一边哭喊，一边用包击打约翰逊先生。约翰逊先生极力向她解释，他是在帮助扶起小姑娘。可她就是不信。几个男人听到喊叫声后，手拿球棒，从一家飞奔而出。三个身高5到6英尺的高大白人男子，开始朝约翰逊先生喊叫，其中一个白人还朝约翰逊先生的脸打去。接着，他们都开始用球棒击打约翰逊先生。我想厉声说："住手！住手！不要打，他是好人！"可我不能，我只是一动不动地站在那里，什么话都说不出来。他只是在极力帮助一个小女孩啊！

就在这时，一个白人抽出一把刀来，走近约翰逊先生，举刀向他砍去。后来，三个白人丢下球棒跑了。留下约翰逊先生独自一人躺在黑暗小巷里自己的血泊中。正是这样一位好人，我却偷了他的钱包！偷一个向我寻求帮助的人是多么的不地道呀！我的良心受到谴责：是我杀害了他。当他被杀时，或许他正在找我。我对此负有责任。听到警笛声，我赶紧跑掉。我只能跑掉。我认识到我不仅偷了他的钱包，而且也偷了他的生命。我一边跑，眼泪一边往下流。上帝给了我认识自己过错的机会，可这一切都晚了。

第四辑
遇见上帝

遇见上帝

一个小男孩想见上帝，但他不知道到哪里才能看到上帝。他想："我可以问问别人。"于是，他带上一盒饼干和一些糖果就出去了。

走了一段路之后，他来到一个公园。只见一位老人独自坐在公园里的一条凳子上。男孩走过去与老人坐在一起。他从兜里掏出一块糖给老人。老人感激地收下并朝男孩笑了笑。老人笑得非常开心！

过了一会儿，男孩又给了老人一块糖。这一次，老人还是笑着接受了男孩的糖。男孩想："老人的笑多甜美啊！"时间怎么度过的，他们都没有注意。

很快太阳西下，天黑了下来。坐了那么长时间，他们谁也没有对对方说一句话。男孩起身要走，可他走出几步后又回来。他跑向老人给了他一个拥抱。这一次，老人给了男孩一个天使般的微笑！

男孩回到家，妈妈问他："你今天为什么看上去这么高兴？"

男孩回答说："因为今天我见到了上帝！"

老人到家时，天已很晚。老人的小儿子看到爸爸的脸上露着笑容，便问："爸爸，你今天看上去怎么这么高兴？"

老人回答道："儿子，我今天见到上帝了。他比我想象的要年轻，他看上去就像你的年龄。"

丽拉的孩子

丽拉最后看了一眼自己的孩子。孩子无疑是上帝送给她的礼物，可她却拒绝接受这一现实，因为她年龄还太小。这个没有丈夫的年幼妈妈对生活不无懊悔。

她毫不犹豫地将孩子丢进了垃圾桶。

过去的5天，她一直以泪洗面。她的灵魂受到极大折磨，良心也受到莫大谴责。最后，她终于良心发现。

她急忙朝她丢弃孩子的地方跑去，可孩子已经不在了，已经被别人抱走了。只有一些血迹依稀可见。

她不知所措，只是在那里大哭。

丽拉22岁那年的一天，她的一个朋友与她开玩笑说："我在IC小区看到一个小男孩，长得特像你。"

"这小区在什么街？"

"在巴万街。"

晚上，她赶紧跑到那个小区，在小区的院子里徘徊了好几小时。后来，她终于看到了他。男孩长得真的很像她。只见他被一个女人抱着。

又一年之后，丽拉鼓起勇气再次来到男孩居住的小区。她再次看到了他，但却发现他没有左手。她在想，一定是她把孩子丢进垃圾桶里后被蚂蚁吃掉了。该是认领自己孩子的时候了。

她知道自己犯下了罪行，可她已经无法补救。

听到几声敲门之后，男孩为丽拉把门打开。他张开双臂，扑向她的怀里。"妈妈，"他叫道，"你去哪里了啊？我一直在想你。"

男孩说话有点结结巴巴。她紧紧地抱住他，生怕他摔倒。她要彻底赎罪。

只有在这时，她才发现孩子原来什么也看不到。

他连墙都看不见

两位病情严重的病人住在同一间病房里。其中一个肺积水，医生每天下午都要从他的肺部往外抽水。只有在这时，他才得以允许在床上坐一小时。他的病床就在病房唯一的窗子跟前。

另一位病人病情比他还要严重，不得不整天平躺在床上。两人躺在床上没有事就聊天，一聊就是几小时。

每天下午，当靠窗的病人从病床上坐起来时，他就向他的病友讲述窗子外面的事情。只有在这一小时，躺在床上起不来的那位病人才能领略到外面多姿多彩的世界。靠窗的病人向病友描述：窗子外面是一座美丽的公园，园中有一面波光粼粼的湖水。鸭子和天鹅在水上尽情嬉戏，孩子在游艇上高兴地蹦跳，年轻的恋人手挽手在彩虹般的花卉中依依漫步。远处，可以看到城市高大的建筑和参天大树……每当靠窗的病友绘声绘色地描述这一切时，躺在病房另一边的病友总是闭上眼睛，想象外面的美景。

一个温暖的下午，靠窗的病友说外面一支游行队伍正路过。尽管躺在病房另一边的病友没有听到乐队的声音，可听了病友的描述，他的眼睛好像看到了一切。他们就这样日复一日周复一周地待在一起。

一天上午，日班护士前来为两位病人擦洗身子，结果发现靠窗的病人躺在床上已经安详地死去了。护士很悲痛，叫人把尸体抬走了。同病房的病友问护士他是否可以换到靠窗的床上，护士为他掉换了床位。他艰难地用胳膊肘将身子支起，企图看看窗外他盼望已久的景色。他很高兴，因为他终于可以亲眼看到外面的世界了。

他极力探头朝窗外看，可外面什么也没有，他所能看到的只是一面空墙。于是，他奇怪地问护士为什么他死去的病友将窗外描述得那么美好。

护士回答说："那人是个盲人，他连墙都看不见，他只是想鼓励你活下去。"

责任

一名医生在接到一个紧急手术电话之后，赶紧来到医院。一进到医院，他以最快的速度换好衣服，便直奔手术室。他发现需要手术的男孩父亲正在手术室外面的走廊来回走动，焦急地等待着医生的到来。一看到医生，这位父亲就大叫道："你为什么现在才来？你知道不知道我儿子的生命危在旦夕？你还有没有点责任感？"

医生笑着说："实在对不起，我没在医院，我接到电话就火速来到医院。希望你冷静下来，我好开始工作。"

"冷静下来？！此刻要是你儿子待在手术室，你会冷静下来吗？要是你自己的儿子现在死了，你会怎么做？"男孩的父亲生气地说。

医生再次笑了笑说："医生不会怠慢任何一个生命，去告诉你儿子，承蒙天恩，我们会尽最大努力来拯救他的生命的。"

"安慰人的话谁都会说！"男孩的父亲发牢骚道。

手术一直持续了几小时，但医生走出手术室时却很是高兴。"谢天谢地，你儿子的命保住了！"没等男孩的父亲答话，医生就赶紧跑了。一边跑一边对男孩父亲说："你有什么问题，就去问护士！"

"他怎么这么傲慢？连让我问问儿子情况的时间都不给就跑了？"医生走后，男孩父亲看到护士时抱怨道。

护士脸上流着眼泪说："他儿子在昨天的一次车祸中丧生，我们给他打电话时，他正在儿子的葬礼上。在拯救了你儿子的生命之后，他得赶紧回去完成他儿子的葬礼。"

女囚越狱

一位漂亮女人被判无期徒刑。愤愤不平的她宁可死也不想终生待在监狱里。在服刑期间，她与监狱里一位看守成为好朋友。

　　这位看守专门负责将死在监狱里的犯人掩埋在监狱墙外的墓地里。每当有犯人死亡，他就会打铃让每个犯人听到。他把死者尸体放进棺材里后，便到他的办公室去填写死者证明，然后回到棺材旁用钉子将棺盖钉牢，最后他把棺材放到手推车上，将死者推到墓地埋葬。

　　了解了这一程序之后，女人想出一个逃跑的计划，并把她的计划告诉了这位看守。等监狱死人的铃声再次响起，她就会离开她所在的监舍，偷偷钻进存放棺材的黑房子，然后，在他去办公室填写死者证明的间隙，她乘机钻进盛有死尸的棺材里。他回来把棺盖钉死后，将其运到监狱外面的墓地，把装有犯人尸体和她的棺材埋掉。

　　女人确信，等到晚上看守在夜幕掩护下回到墓地挖开坟墓，打开棺材将她放走，棺材里有足够的空气供她呼吸。

　　看守对女人的这一计划是不太情愿的，可既然他与她这么多年一直是好朋友，只好同意按女人的计划办。女人等了好几个星期，监狱里才有人死亡。

　　听到死亡的铃声响起时，女人正在她的监舍里睡觉。她赶紧起来，轻手轻脚地穿过门廊，朝存放棺材的房子走去。有几次她差点被值班的狱警发现，吓得她心脏怦怦直跳。

　　来到存放棺材的房间，女人悄悄地把门打开，里面漆黑一片。她在黑暗中找到盛有尸体的棺材，小心翼翼地掀开棺盖，爬到棺材里面，然后再把棺盖盖好，等待看守来用钉子将其钉死。

　　很快，女人就听到有脚步声，紧接着就是锤子重击钉子的声音。尽管她在盛有尸体的棺材里很不舒服，可她知道随着每一个钉子的钉进，她离自由就越来越近。

　　看守把棺材搬上手推车，很快推到监狱外面的墓地。女人能感觉到棺材在往坟墓里放。当棺材砰的一声落地时，她屏住呼吸没弄出任何声响。

　　最后，女人听到往木制棺材上盖土的声音。她知道用不了多久她就会自由了。听到外面没有了声音之后，她开始在棺材里笑了起来。她自由了！她自由了！

出于好奇，女人点亮一根火柴。她想看看躺在她身边的死囚到底是谁。让她恐怖的是，她发现死者竟然是她的看守朋友！

忧心忡忡的乘客

这是一个真实的故事。

1954年4月4日，一架波音747飞机即将从伦敦飞往纽约，它将飞越大西洋，作它的处女飞行。

靠窗的座位上坐着一位兴致勃勃的医生。他的邻座却闷闷不乐地喝着茶。

一位漂亮的空姐走进客舱，开始为乘客服务。她身着合体的紧身衣，很是性感。她向医生的邻座道安后便回到座舱。

"你身体是不是不舒服呀？"医生问邻座。

"不，我挺好的。"邻座回答道。

过了一会儿，机长也来向医生的邻座道安。

医生发现机组的人都对邻座非常重视。

"飞机何时起飞？"医生的邻座问机长。

"9：30。"机长回答道。

接着，医生问邻座："飞机何时到达纽约？"

"我不知道。"邻座回答说。

"你为何如此忧心忡忡？"医生问道。

邻座回答说："我是一名工程师，这架飞机是我设计的，我不知道飞机到底是否安全。"

夺妻

卡尔下了车，走进朋友家宽敞明亮的宴会厅。今晚这里将有一个热闹的聚会。

卡尔是一位有钱的商人，30多岁仍孑然一身，正打算物色合适的人选成家。一进朋友家，卡尔的目光就被一位迷人的姑娘所吸引。

随后的活动中，卡尔心中再无他物。他寻找一切机会与那姑娘接近。她叫比玛，在一家公司做秘书。她对卡尔似乎也很有好感。

两人谈兴正浓时，聚会却已接近尾声。于是，卡尔主动提出送比玛回家，她欣然同意了。

很快，卡尔的车停在一所幽静的寓所前，两人依依不舍地道别。让卡尔略略有些失望的是，比玛并没请他上楼坐坐。

随着时间的推移，他们开始不断约会，一切都进展顺利，卡尔非常高兴终于找到了一个意中人。

但有一天，卡尔在与比玛共进午餐时，发现她神情有些抑郁。卡尔关切地问："怎么回事，比玛，有什么需要我帮忙吗？"

比玛未作回答，眼泪却止不住地流了下来。卡尔心都痛了："亲爱的比玛，我想娶你为妻，为你分忧。你愿意吗？"

可令卡尔窘迫的是，比玛先是泪珠滚滚，继而失声痛哭起来，引来饭店里不少顾客好奇的目光。后来，比玛终于平静下来，说："卡尔，很遗憾，我已经结婚，我已属于别人。他是不会同意跟我离婚的。"

在卡尔惊愕的目光中，她拎起手包，哭着离开饭店。打那以后，卡尔始终心神不定，他放不下比玛，常常想起他们相处的甜蜜时光，他们本就该是天造地设的一对！于是，他决定采取极端行动。

卡尔先做了一番周密调查，然后雇了个杀手，准备把比玛的丈夫除掉。杀手临行前，卡尔还一再提醒他行动要干净利索，以免被人发现。

计划能否顺利实施？那天晚上，卡尔焦虑地在屋中踱来踱去。终于，电话铃响了。

"喂！"他迅速抓起话筒。

"老板，您交代的任务完成了。"

"很好！"卡尔说，"一切是否顺利？"

"是的，嗯，不过……"

"不过什么？"卡尔心脏狂跳。

"不过，当我离开时，被一个女人发现了。"

"你这个傻瓜！我一再提醒你要小心。"

"没问题，老板，"对方回答说，"那好像是他的妻子，我已经把她一起干掉了！"